KB040634

사치스러운 고독의 맛

사치스러운
고독의
맛

모리사와 아키오 지음

박선형 옮김

샘터

프롤로그

   주변을 찬찬히 둘러보면 자그마한 행복들이 곳곳에서 얼굴을 내밉니다.

   산책하다 만난 금목서 향기가 코끝에 닿는 순간이라든가, 카페 문을 열고 들어가자마자 흘러나오는 추억 가득한 노래라든가, 또는 얼마 전에 산 새 구두의 착화감이 좋다거나, 문득 올려다본 노을이 유난히 아름답게 물들었다든가 하는 일상의 순간들 말입니다. 티끌이 쌓여 태산이 되듯 그런 소소한 행복이 켜켜이 쌓여 우리의 인생을 환하게 밝혀줄 것이라 믿습니다.

   이 책은 작은 행복을 주제로 한 짧고 느슨한 글을

모은 저의 첫 에세이입니다. 커피 한 잔처럼 잠시 쉬어가는 여유를 줄 수 있는 책이 되길 바랍니다. 모쪼록 부담 없이 편안하게 읽어주셨으면 좋겠습니다.

모리사와 아키오

사치스러운 고독의 맛

차례

°   미리 하는
                    축하 인사

        내가 쓴 첫 소설의 제목은《바다를 품은
유리구슬》이다. 마을버스 운전사와 아들에게 각별한
사랑을 받은 버스가 생명을 품은 물건이 되어 기쁨과
갈등 속에서 만남과 헤어짐을 이어간다는 판타지 소
설이다.
   이 책이 서점에 진열되었을 때 출판사로부터 프로
모션을 도와달라는 요청을 받았다. 나는 이야기의 무
대가 되었던 니가타현과 히로시마현을 방문해 여러
이벤트, 방송, 라디오 등에 출연하고 다양한 매체의
인터뷰 취재에도 적극적으로 응했다. 그때마다 발생
하는 여비는 "추후 정산해드릴게요"라는 식이어서

자비로 동분서주하게 되었다.

　스스로 말하기 뭣하지만, 무명의 글쟁이가 쓴 첫 소설임에도 큰 인기를 얻었다. 출간일 전부터 중쇄가 결정되어 그 후에도 계속 증쇄가 이어졌다. 나아가 영화, 연극, 드라마로 제작하고 싶다는 의뢰까지 들어왔다. 그렇게 인기몰이를 하고 있던 어느 날 저녁, 담당 편집자로부터 연락이 왔다. 그는 기어들어가는 목소리로 조심스럽게 말을 꺼냈다.

　"갑작스럽게 죄송하지만, 회사가 오늘 파산을 했습니다."

　출판사가 파산이라니. 데뷔작 인세를 아직 1엔도 받지 못했는데, 심지어 여기저기 다니면서 자비로 프로모션을 했는데, 그 경비조차 받을 수 없다니. 영화도 연극도 드라마도 모두 물 건너갔다. 그렇게 다 끝나버린 것이다. 이 작품을 위해 취재와 집필에만 수개월의 시간과 공을 들였고, 출판 후의 프로모션도 할 수 있는 한 최선을 다했다. 그런데 돌아온 것은 막대한 적자뿐이었다. 자타가 공인하는 낙천적인 성격인 나조차도 이번만큼은 말문이 막혀 그저 하늘만 쳐다봤다.

　마침 그날 친하게 지내는 작가 히스이 고타로 씨와 술자리 약속이 있었다. 그에게 연락해 상황을 설명하고 한바탕 하소연을 했다. 그러자 히스이 씨는 그날따라 무척이나 밝은 목소리로 "와, 모리사와 씨 잘 됐네요. 축하드려요! 내일 축하할 겸 식사 대접할게요"라는 것이 아닌가. '뭐지? 이 사람, 어떻게 된 거 아냐?' 하고 순간 놀랐다. 그런데 사실은 이 말을 하려던 거였다.

　"인생은 진자운동과도 같아서 이번에 믿기 힘들 정도의 손해를 봤더라도 앞으로 다가올 일에도 곱절의 에너지를 줘서 진자가 더 크게 증폭될 게 틀림없어요. 그러니까 모리사와 씨의 다음 작품은 영화화되어 베스트셀러가 될 거란 말이죠. 그래서 내일은 미리 축배를 들자고요."

　미리 축하한다는 의미의 '예축豫祝'은 오래전부터 내려온 풍습이라고 한다. 지금 내가 겪는 불행이 결국 운과 성공을 불러올 것이라는 강력한 믿음으로, 미래의 성공을 미리 축하하는 것이다. 일종의 언령

言靈(일본에서 믿는 신앙으로 말에 깃든 영적인 힘을 가리킨다)과 비슷하기도 하다. 가장 쉽게 떠올릴 수 있는 예축으로는 꽃놀이가 있다. 원래 꽃놀이는 만개한 벚꽃을 휘어질 정도로 열린 벼이삭에 빗대어 풍작을 기원하는 행사로 시작된 것이라고 한다.

그렇다면 출판사의 파산으로 낙담하던 나는 히스이 씨의 예축을 받은 뒤 어떻게 되었을까? 놀랍게도 두 번째 작품《쓰가루 백년 식당》이 실제로 영화화되어 베스트셀러가 되었고 그 덕분에 절판이었던 데뷔작《바다를 품은 유리구슬》의 판권이 대형 출판사에 팔리게 되었다. 서점에서 자취를 감췄던 데뷔작까지 무사히 문고판으로 나올 수 있게 된 것이다. 믿기지 않았지만, 실제로 히스이 씨가 말한 대로 이루어진 셈이다.

일본 고유의 풍습에 예축이란 것이 존재함을 실감하면서부터 나의 낙천적인 성격에 박차가 가해졌다. 조금 손해 보는 일이 일어나도 머릿속에는 진자운동이 떠오르게 되었다. 나아가 진자운동으로 펼쳐질 미래를 혼자 상상하면서 맥주잔을 기울여 축배를 들기도 한다. 물론 예측을 했다고 반드시 상상한 대로 미래가 펼쳐질 리는 없다. 그럼에도 예측이라는 단어가 적어도 맥주 한 잔 마실 구실은 되어주니 그것만으로 충분하다.

그렇게 오늘도 나는 홀로 건배를 외친다. 건배!

°   용기 따윈
          필요 없어

나의 본업은 알려진 것처럼 소설가다. 겉으로 그럴싸하게 보일 수도 있지만, 실제로는 작업실에 틀어박혀 끙끙대는 답답한 신세다. 그런 내게 단비처럼 느껴지는 반가운 소식은 전국 각지에서 의뢰해주는 강연회다. 방을 뛰쳐나가 강연회장으로 향하는 것만으로도 기분 전환이 된다. 평소에는 거의 쉬는 날이 없어서 여행 기분을 낼 수도 있어서 좋다.

  얼마 전 어떤 강연회에서는 야숙과 방랑 생활을 했던 나의 20대 시절을 들려주었다. 당시 사진을 스크린에 띄우고 웃기는 해프닝, 여행에서 얻었던 교훈 등을 이것저것 이야기했다. 생각해보니 당시의 나는 자유로움에 너무 집착한 나머지 무모한 행동도 많이 저질렀다. 그런 무모함이 때로는 나를 난처하게 만들기도 했지만, 그 이상으로 얻은 것이 많다. 무엇보다 나 자신에게 솔직하게 살아갈 것. 그리고 어떤 상황에서든 즐거움을 찾아낼 줄 아는 사람이 될 것.

여행을 하며 돈이 없던 나는 흔쾌히 낚시대를 들거나 산나물, 열매를 채취하러 부지런히 쏘다녔다. 비가 오면 다리 밑에서 술 한잔을 마시며 책을 읽었고, 너무 더우면 맑은 강과 바다에 뛰어들었다. 추위를 참지 못하는 날이면 온천에 들어가 몸을 데운 뒤 폭신폭신한 침낭에 들어가 오래도록 겨울잠을 청했다. 그 시절의 나는, 세상을 굴리는 지구상의 모든 인류에게 미안할 정도로 자유로운 인간이었다.

방랑 생활을 하던 모든 순간이 설레서 놀라울 정도로 삶의 밀도가 진하게 느껴졌다. 내 인생을 맨주먹으로 개척하면서 살아가고 있다는 감각이 강렬하게 솟구쳤다. 지금 생각해도 새삼 귀중한 경험이다.

나는 강연에서 이런 말을 자주한다.

"조금 두려워도 설레는 일이라면 무엇이든 일단 해

보라.”

해보고 난 결과가 실패일지라도 그것 역시 경험으로서 자신의 무기가 될 것이다. 무기까지는 아니더라도 누군가에게 웃으며 털어놓을 수 있는 경험담 정도는 되지 않을까. 인생에 그런 기억쯤 몇 개 가지고 있어도 문제 될 것은 없다. 만일 운 좋게 실패하지 않았다면 그것은 당신의 인생을 아름답게 만들어줄 최고의 경험이므로 오래도록 음미하면 된다.

웃을 수 있는 이야기의 소재가 될지, 최고의 경험이 될지. 어느 쪽이든 인생에 있어서 더하기가 될 것이다. 가장 안타까운 것은 “아아, 그때 한번 해볼걸!” 이라는 후회다. 나는 늘 후회하지 않으려고 노력한다. 후회라는 감정은 응어리가 되어 쉽게 떨어지지 않기 때문이다. 그 응어리는 나이를 먹을수록 점점 크게 자란다. 언젠가 몸을 제대로 가누지 못해 누워지낼 나이가 되면 침대 위에서 깊은 한숨으로 새어나올 것이다.

시도하지 않는 사람과 시도하는 사람. 인생의 방향을 스스로 바꾸는 사람은 대개 후자다. 마음으로는 무언가 시도해보고 싶은데 아무리 노력해도 첫 발을 내딛기 힘든 사람이 많을 것이다. 그 마음은 나도 충분히 이해한다. 그런 경험도 실컷해왔다. 경험을 해봤기에 자신 있게 전할 수 있는 말이기도 하다. 첫 발을 내딛지 못하는 것은 용기가 부족해서인데, 이를 반대로 말하면 용기만 있다면 얼마든지 내딛을 수 있다는 것이다.

하지만 그 상황을 곰곰이 분석해보면 흥미로운 점을 발견하게 된다. 용기가 필요한 상태란 마음속에 '실패하면 어떡하지?'라는 공포나 불안이 있다는 것을 의미한다. 이 공포와 불안 때문에 첫 발을 내딛지 못하는 것이다. 용기가 없어서가 아니라 공포나 불안이 있어서 그걸 극복할 용기가 필요한 것이다.

그렇다면 이 근본적인 감정인 공포와 불안을 사라지게 만들면 용기 따위는 필요 없어지지 않을까? 자, 그러려면 어떻게 해야 할까. 대답은 간단하다. 시도한 다음 일어날 상황들의 이미지를 실패가 아닌 완벽한 성공으로 대체하는 것이다. '실패하면 어떡하지'를 멈추고 '성공하면 이렇게 되겠지'라고 상상한다.

사치스러운 고독의 맛

실제로 성공한 다음의 상황을 상상하다 보면 당연하게도 마음속에 설렘이 생겨난다. 그렇게 되면 용기 따위는 필요 없다. 첫발을 내딛을 때 느끼는 감정이 과감함이나 강한 의지가 필요한 부담스러운 용기가 아닌 오직 즐기는 마음이 되어 있을 테니 말이다.

그렇게 가벼운 마음으로 용기 따윈 내던지고 즐기는 마음만을 품자. 그리고 나중에 후회라는 응어리가 남지 않도록 성큼성큼 하고자 하는 일을 시도해보면 어떨까?

도전하는 데 나이는 상관없다. 나이를 핑계로 어렵게 얻게 된 기회를 발로 차는 안타까운 불상사가 생기지 않기를 바란다. 커널 할아버지는 예순을 넘긴 나이에도 프랜차이즈라는 비즈니스를 고안해냈다. 도전을 이어갔기에 세계적으로 유명한 켄터키 프라이드 키친, KFC가 세상에 태어날 수 있었다.

거듭 강조하고 싶다. 용기가 필요한 이유는 그 뒤에 공포와 불안이 숨어 있기 때문이다. 즐기는 마음부터 가지면 그 뒤에 숨어 있는 설렘이 드러난다. 우선 설레는 미래를 상상해 즐기면서 첫 발을 내딛어보자.

그렇게 우리는 설레는 미래로 나아갈 수 있다.

인생에는 단 한 번의 놀 기회가 있다. 이건 당신만의 게임이다. 깨부숴야 할 퀘스트도 아니고 인내를 두고 벌어야 하는 시간 싸움은 더더욱 아니다. 그저 즐기기만 하면 되는 설레는 게임일 뿐이다. 나는 앞으로도 이 게임을 전력을 다해 즐겨볼 생각이다. 게임 오버를 맞이하게 되는 순간까지도 그 사이에 조금이라도 많은 소소한 행복을 주워 담아 하나하나 온 마음을 다해 음미할 것이다.

　　　　　내 멋대로 조끼와

　　　　　　　겹겹이 칠해진 형광펜

　　　　　　　며칠 전 오랜만에 일본 최북단에 있는
아오모리현青森県에서 현 지사를 만났다. 그곳에 가게
된 이유는 스스로도 조금 의아한데, 아오모리가 자랑
하는 특 A급 쌀 '청천벽력'의 홍보대사를 맡게 되어
그 위촉식에 참석하기 위해서였다.

　쌀 홍보는 일단 미뤄두고, 아오모리로 향하는 기차
안에서 재미있는 사람을 발견했다. 각 잡힌 양복 안에
조끼를 차려입은 어르신이었다. 조끼는 쓰리 피스 슈
트에 어울리는 가지런한 단추가 달린 멋진 스타일이
아니라, 주머니가 잔뜩 달린 낚시용 아웃도어 조끼였
다. 심지어 주머니마다 물건이 꽉꽉 들어차 있어서 일

부러 차려입은 양복이 울룩불룩 맵시가 나질 않았다.

　패션 센스가 전혀 없는 내가 봐도, 상식 밖의 패션 이었다. 그런데 어쩐지 어르신의 '내 멋대로 스타일' 에 계속 눈길이 갔다. 패션 따위 신경 쓰지 않겠다는 당당하고 자유로운 기운에 나도 모르게 매료되었다. 양복에 낚시 조끼를 입었을지언정 본인은 이보다 더 좋을 수 없다는 태도로 만족하고 있었기 때문이다. 순간순간의 일상이 만족스럽다는 것은 무엇과도 바꿀 수 없는 행복이 아닐까.

　돌아오는 기차에서도 또 다른 재미있는 어르신을 만났다. 이번엔 옆 자리였다. 이 어르신은 약 20년 전 베스트셀러였던 《뇌내혁명》이라는 책을 읽고 있었 는데 그분이 보고 있는 페이지가 가히 충격적이었다. 펼친 페이지의 문장 전체에 노란색 형광펜이 칠해져 있었던 것이다. 그뿐만 아니라 절반 정도는 그 위에 빨간색 형광펜으로 덧칠이 되어 있고 형광펜으로도 부족했는지 대략 30% 정도는 파란색 볼펜으로 밑줄 이 그어져 있었다. 다음 페이지를 넘기고 또 넘겨도 계 속 그 상태였다. 이것이 그의 책 읽는 방법이었다.

처음 읽을 때는 모든 줄에 노란색 형광펜으로 칠하기. 두 번째 읽을 때는 비교적 중요하게 여겨진 부분을 50% 정도로 빨간색 형광펜으로 칠하기. 다시 한 번 더 읽을 때는 가장 중요하게 여겨진 부분을 30% 정도로 파란색 볼펜으로 밑줄 긋기.

참고로 기차 안에서는 그 위에 검정색 볼펜으로 구불구불한 물결선까지 긋고 있었다.

몇 번이나 형광펜으로 칠해진 페이지는 잉크를 잔뜩 머금어 종이가 우글거렸다. 덕분에 책의 두께는 1.5배쯤 늘어 있었다. 마치 욕조에 빠진 책을 말린 것처럼 보일 정도였다. 다시 한번 살펴보니 두꺼워진 이유는 그때문만이 아니었다. 놀랍게도 절반 이상의 페이지 모서리가 꼼꼼하게 접혀 강아지 귀 모양을 하고 있었다.

와, 이럴 수가! 굉장한 독서법이다! 곁눈질로 보면서도 감동했다. 이렇게까지 열성적으로 집요하게 읽혀진 책은 정말 행복한 물건이 아닐 수 없다. 평소에 책을 소중하게 다루고 깨끗하게 읽는 습관을 가진 나로서는 신세계를 만난 기분이었다. 그 어르신도 상식과는 거리가 멀어 보이지만, 스스로 습득한 독서 방법에 무척이나 만족하는 듯했다.

　앞서 말한 두 명의 어르신은 좋은 의미에서 타인의 시선이나 가치관에 흔들리지 않고 자신만의 방식으로 자유롭게, 기분 좋게 살아가는 분들이다. 요즘은 그런 부류의 사람들과 만나면 동경의 눈길로 바라보게 된다. 행복의 본질을 꿰뚫어보고 있는 사람들이라는 생각이 들기 때문이다.

　여전히 벗어던지지 못한 세상의 상식이 많다. 행복에 더 가까워지기 위해 나도 더 홀가분해져야겠다.

°   달걀밥
                         즐기기

        나는 자타공인 야행성 인간이다. 때문에 원고는 주로 밤부터 아침까지 쓴다. 단언컨대 원고를 쓰는 시간만큼은 괴로워서 끙끙대진 않는다. 왜냐하면 한밤중에 소소한 즐거움이 있기 때문이다. 그것은 바로, 야식!

   지금까지 가장 많이 먹어온 나의 야식계 양대 산맥은 카레라이스와 달걀밥이다. 사실 야식 메뉴는 즉석카레일 때가 많다. 마트나 편의점에서 워낙 많은 종류의 즉석카레를 팔고 있어서 질릴 일 없이 바꿔 먹을 수 있기 때문이다. 더군다나 꽤 맛있다. 최근에는 캔에 들어 있는 타이카레에 푹 빠져 있다.

달걀밥에 대해 관해서는, 목청 높여 "일가견이 있다!"고 말할 수 있다. 그도 그럴 것이 몇 년 전 유명하다는 양계 농가를 취재하면서 달걀에 대한 자료를 숱하게 읽고 연구한 끝에《히카루의 달걀》이라는 소설을 집필한 적이 있기 때문이다. 소설은 궁극의 달걀밥 가게를 열어, 나고 자란 시골 고향 마을을 일으키려는 열정적인 청년에 관한 이야기다. 이 소설을 집필하면서 머릿속에 떠오르는 다양한 종류의 달걀밥을 이것저것 수없이 만들어봤다. 얼마나 심하게 파고들었던지 달걀밥을 주제로 한 강연에도 초청되어 나갔고, 심야 예능 방송에는 달걀밥 전문가로 출연하기도 했다. 또 맛집 소개 잡지에 내 글이 특집으로 실리기도 했다. 이런 흔하디흔한 음식 하나에 이목을 집중한 소설가는 세계 어디에도 없을 것이다.

그런데 (나만 아는 사실은 아니겠지만) 달걀밥은 조미료 하나로도 일본식이 되었다가 양식이 되기도 한다. 국간장이나 다시마 간장 등으로 맛을 내면 일본 요리처럼 되는데 토마토케첩으로 맛을 내면 이탈리아 요리, 태국 요리에 사용하는 생선액젓인 남플라NAM

PLA로 맛을 내면 동남아시아 요리의 풍미로 변한다.

"그럼, 오코노미야키 소스로 맛을 내면? 오사카식이 된답니다!"

"매운 음식을 좋아하는 저는 김치를 넣어 한국식으로 자주 먹어요."

"그 밖에도 간편한 달걀밥 레시피는 얼마든지 있어요."

간장을 약간만 넣고 거기에 깨소금 후리가케(밥 위에 뿌려먹는 분말 조미료)를 솔솔 뿌리거나 노란 단무지를 1cm 길이로 잘라 섞어 넣고 아삭아삭한 식감을 즐기는 재미도 있다. 맷돌로 굵게 빻은 낫토를 섞어도 맛있고 배추절임에 말아서 깔끔하게 먹으면 절대 멈출 수가 없다. 역시 달걀과 밥이란 어떤 식재료와도 궁합이 좋은 팔방미인이다. 어떤 재료를 곁들여도 기본이 워낙 맛있으니 실패란 없다. 대단하지 않은가? 코웃음이 날 정도로 간단한, 누구나 할 수 있는 '한 그릇요리'이면서도 무한한 가능성을 품고 있으니까.

무엇보다 인터넷을 검색하면 바로 알 수 있듯이 달

갤밥 한 공기는 고작 283칼로리다. 565칼로리인 카레라이스에 비하면 거의 절반 수준이다. 저칼로리의 대명사인 메밀국수조차 380칼로리라고 하니 달걀밥의 칼로리가 얼마나 낮은지 알 수 있다. 게다가 달걀은 비타민C를 제외한 모든 필수 영양소를 갖추고 있다. 이 얼마나 대단한가!

아, 이 원고를 쓰고 있자니 슬슬 배가 고프기 시작한다. 지금은 새벽 세 시가 조금 넘은 시간. 마지막 문장의 마침표를 얼른 찍고 곧장 달걀밥을 배 속에 넣어야겠다.

°
일하는 사람과
노는 사람

얼마 전 인터넷으로 기사를 보다가 나도 모르게 웃음이 터져버렸다. 기사의 주제는 '회의실에서 누구보다 똑똑한 척 할 수 있는 속임수'.

회의에서 멍하니 앉아 있어도 중요 인물 또는 일 잘하는 사람으로 주변 사람들이 착각하게 만드는 방법이 소개되어 있었다. 예를 들면 이런 식이다.

– 회의 때 리더의 옆에 앉는다. 그러면 회의를 주도하는 중요 인물 중 한 사람으로 인식될 수 있다.
– 논의가 한껏 달아오를 때 "모두 일단 머리 좀 식힐까요?"라면서 이목을 집중시킨 후 "우리가 정

말로 해결해야 하는 문제는 무엇일까요?"라는
질문을 던지면 그 후 한 시간 정도는 아무런 말을
하지 않아도 똑똑한 사람으로 여겨진다.
- 누군가가 좋은 아이디어를 내면 받아치면서 "내
가 생각했던 것과 정확히 일치한다"고 말한다.

제법 일리가 있네, 싶으면서도 이런 방법을 써먹는
회의실의 모습을 상상해보니 웃음이 나온다. 그중 가
장 내 마음에 드는 방법은 이것이다.

- 다같이 의견을 정리하려고 할 때 누구보다 먼저
"자, 이제 슬슬 정리해볼까!"라고 말한다.

이런 사람 어딘가 분명 있지 않나? 그러고 보니 잡
지 편집자로 일할 때 어떤 선배에게 이런 설교를 들
은 적이 있다.
"모리사와. 진지하게 책을 만들어야지, 열심히 일
해야지 하는 그런 것들 다 거짓말이야. 일은 그저 잘
하고 있는 것처럼 보이는 게 중요해. 진심을 다해 일

하면 안 된다고. 너는 이걸 몰라서 안 되는 거라니까."

선배는 돌직구로 내게 무능한 사원이라는 낙인을 찍었다. 그 설교가 너무나 충격적이어서 20대 중반이었던 나는 멍하니 아무런 말도 못하고 한참 서 있기만 했다. 그 기억을 아직도 잊을 수 없다. 그 선배는 지금도 일을 잘하는 시늉을 하며 지내고 있을까, 아니면 프리랜서로 전향했으려나. 여전히 어딘가에서 능숙한 처세술을 펼치고 있을 선배를 상상하니 웃음이 난다.

세상을 둘러보면 맡은 일을 전력을 다해 해내는 사람과 설렁설렁 대충하는 사람, 놀기만 하는 사람이 있다. 요즘에는 각자 맡고 있는 역할이 다르니 조금 게으른 사람이라고 해도 나쁘게만 보이지 않는다. 나는 일을 부지런히 할수록 기분이 좋아지는 사람이다. 그래서 함께 일하는 파트너가 워킹홀릭 스타일이라면 안심하는 편이긴 하다. 하지만 그렇지 않은 사람일지라도 별 수 없지 하여 웃고 넘긴다. 때로는 설렁설렁 일하는 사람도 있어야 한다고 생각하니까. 만약 세상의 모든 사람이 열정남녀라면? 생각만으로도 숨이 막힌다.

사회성을 가진 개미의 연구에서도 흥미로운 결과가 있다. 열심히 일하는 개미, 가끔 농땡이를 치는 개미, 조금도 일하지 않고 놀기만 하는 개미의 비율은 항상 정해져 있는데, '2 대 6 대 2'라고 한다. 심지어 일을 열심히 하는 20%의 개미를 집단에서 분리하면 남은 80% 중에서 다시 20%의 비율로 일하는 개미가 생긴다. 그렇게 2 대 6 대 2의 비율을 유지한다고 한다. 정말 신기한 일이다. 말하자면 노는 개미는 일하는 개미의 예비군으로 존재하는 것이다.

그렇다면 나에게 설교했던 그 선배도 내가 퇴사한 후에는 열심히 모든 일을 도맡아 했을지도 모를 일이다. 하지만 어쩐지 선배만큼은 농땡이 치는 노력을 절대 게을리하지 않았기를 바라는 마음이다. 사회의 관용이 계속 유지되었으면 하니 말이다.

남색이 없는 세계에
살지 않으려면

사람은 왜 책을 읽어야 하는 걸까?

소설가라는 직업 때문인지 가끔 이 질문을 받는다. 아이부터 어른에 이르기까지, 철학적이기까지 한 이 질문에 어떻게 대답해야 할까.

몇 년 전 일이다. 자기계발서로 연달아 베스트셀러에 오른 친구 히스이 고타로 씨에게 이 질문을 던져봤다. 그랬더니 생각지도 못한 멋진 대답을 해주었다.

히스이 씨는 무지개의 일곱 가지 색으로 그 이유를 풀어냈다. 무지개 색은 동양에서는 보통 빨, 주, 노, 초, 파, 남, 보가 상식이지만 여섯 가지 색으로 인식되는 나라가 많다고 한다. 빠진 색은 남색이다. 본래 남색이라는 말이 없는 나라에서는 남색이 파란색과 같다고 보고 인식조차 하지 않는다. 따라서 일곱 빛깔이 아닌 여섯 빛깔인 것이다.

언어가 존재하면 그 언어를 가리키는 사물을 인식할 수 있지만 언어가 없으면 인간은 현실에 존재하는 사물조차 인식하지 않는다. 즉 다양한 언어를 알고 있는 사람은 세상을 더 많이 인식할 수 있는 사람, 바꿔 말하면 '더 풍요로운 세상에서 살고 있는 사람'이 되는 것이다. 색을 가리키는 말을 많이 알면 여러 가지 색에 둘러싸여 다채롭게 살아갈 수 있다. 같은 맥락에서 행복한 말을 많이 아는 사람은 다양한 행복을 느끼며 살아가게 된다.

"독서를 통해 많은 언어와 만나는 것으로도 자신이 살아가는 세계를 넓히고 삶을 풍요롭게 만들 수 있다."

히스이 씨가 해준 멋진 답변이다. 들어본 답변 중에 가장 마음에 와닿았다. 그럼 이어서 내가 생각하는 이유도 소개하겠다.

나는 인간이라는 동물은 경험을 통해서만 성장할 수 있다고 생각한다. 예를 들면 운동신경이 뛰어나지만, 축구를 전혀 모르는 사람에게 갑자기 축구공을 건네고 "내일부터 프로 구단에서 뛰어봐라"라고 한들 가당키나 하겠는가? 공을 발로 차본 경험조차 제대로 없으니 아무리 운동신경이 좋아도 잘할 수 없을 것이다. 또 절대음감을 타고난 음악 천재에게 난생처음 기타를 건네고 쳐보라고 한다면 과연 칠 수 있을까? 쳐본 경험이 없다면 무리일 것이다.

이처럼 인간은 경험을 쌓아가지 않으면 아무것도 잘할 수 없다. 대신 경험만 쌓는다면 얼마든지 성장할 수 있다. 축구 연습을 하면 축구를 잘하게 되고, 기타를 연습하면 기타를 잘 칠 수 있게 된다. 무슨 말을 하려는지 짐작이 가는가?

그렇다. 독서를 하는 사람은 인생의 다양한 장면을 간접적으로 경험할 수 있다. 소설 속에 등장하는 인물의 상황을 지켜본 사람은 현실에서 그와 유사한 상황과 마주했을 때 조금이나마 더 수월하게 대처할 수 있다. 1,000권의 연애소설을 읽고 뇌로 1,000명의 연애를 경험한 사람과 그렇지 않은 사람, 어느 쪽이 연애에 대해 더 진지할까? 또 가족을 소재로 한 책을

1,000권 읽은 사람과 한 권도 읽지 않은 사람 중에 어느 쪽이 이상적인 가족을 만들기 위해 노력할까? 요컨대 이런 것이다.

독서는 인생의 경험치를 높여 현실의 삶을 조금 더 풍요롭게 만들어줄 수 있다. 책을 읽어야 하는 이유가 여기에 있다.

소설 이외의 책도 많이 읽어야 한다. 책을 통해 만날 수 있는 새로운 지식과 관점은 놀라운 경험으로 축적된다. 이러한 경험은 삶에 고난이 닥쳤을 때 선택지를 다양하게 만들어주고 가장 지혜로운 선택을 할 수 있게 도와준다. 이런 일이 반복되면 이상적인 미래를 향해 나아갈 수 있는 확률도 높을 것이라 믿는다.

나와 히스이 씨 모두 답변의 해설은 서로 다르지만 말하고 싶은 맥락은 같다. 독서라는 체험이 당신의 인생을 근사하게 만들어준다는 것. 그런 마음으로 오늘 서점에 들러 보았으면 좋겠다. 아마 평소와는 다르게 가슴이 두근거리고 쌓여 있는 책들이 보물로 가득한 산처럼 보일지도 모르니까.

귓속에

거미가 산다

이번엔 특별히 최근 나의 일상 중에서 가장 충격적이었던 이야기를 소개하고자 한다. 분명히 놀랄 것이다. 이렇게까지 밑밥을 깔아도 실망시키지 않을 정도의 이야기다.

저녁 퇴근시간에 붐비는 지하철에 몸을 실었다. 손잡이에 매달려 흔들리는 몸을 간신히 붙잡고 있는데 바로 앞에 있던 60대 후반쯤으로 보이는 아저씨의 귓구멍이 눈에 들어왔다. 흰털이 잔뜩 나서 귓구멍이 거의 보이지 않는 독특한 귀였다. '굉장한 털이네. 소리는 제대로 들릴까?' 이런 생각을 하면서 귀에 난 털에 눈을 떼지 못하고 있을 때 '사건'이 일어났다.

그 털 속에서 "안녕?" 하면서 마치 커튼을 걷고 등장하듯이 한 마리의 거미가 얼굴을 내밀었다. 다시 한번 강조하자면 '거미'가 얼굴을 내밀었다. 그것도 아저씨의 귓구멍에서!

우오오오오오오! 나는 경악을 금치 못하고 마음속으로 소리를 내지르면서 눈에 불을 켜고 그 광경을 뚫어지게 쳐다봤다. 정말 눈에 불이 날 정도로 응시했다. 세상에, 정말 산 거미였다. 크기는 5mm 정도로 집에서도 가끔 출몰하는 파리잡이거미과 같았다. 거미는 나와 눈이 마주치자 잠시 숨을 죽이고 있더니 갑자기 쑥 하고 털 속으로 몸을 감춰버렸다.

이 아저씨, 귀 안이 간지럽지도 않나? 눈앞에 벌어진 광경이 거의 공포 그 자체여서 숨이 멎고 몸이 뻣뻣해졌다. 그러고도 한참을 아저씨 귀에 덥수룩하게 난 털에서 시선을 떼지 못했다. 털이 몇 개인지 세어보기라도 하듯 뚫어져라 쳐다보았다. 그런데 이게 웬일인가. 다시 한번 "안녕?" 하고 거미가 얼굴을 내밀었다. 나왔다! 역시 꿈이 아니었어. 리얼이야! 이건!

직업병이 발동했다. 머릿속은 이미 '거미남', '귀 거미' 같은 소설 제목으로 가득해지기 시작했다. 귓속에서 몰래 거미를 키우는 남자의 이야기. 그런데 그런 소설은 현실감도, 개연성도 전혀 느껴지지 않는다. 그래서 탈락. 지금 내 눈앞에서 펼쳐지고 있는 사실에 대해서도 '현실감이 없다'는 판단을 내리게 되다니. 나로서도 도대체 뭐가 뭔지 모르겠다.

거미는 그 후에도 몇 번을 아저씨 귓속을 나왔다 들어갔다 했다. 거미가 나올 때마다 혼자서 소스라치게 놀라서는 이내 그 거미와 눈싸움을 시작했다. 왜지? 대체 왜? 귓속에 거미가 있는 거지? 이 아저씨는 알고 있는 걸까? 충격을 애써 담담하게 참아내고 있자니 다음 역에 도착했다. 거미 아저씨는 나를 밀치면서 빠져나갔다. 남겨진 나는 평정심을 찾으며 나도 모르게 안도의 한숨을 쉬었다. 와, 정말 믿기 힘든 경험이었다.

퇴근길 지하철을 이렇게 짧게 느껴보는 일도 두 번다시는 없을 것 같다. 뭐랄까, 거미 아저씨에게 감사를 드리는 귀가시간이었다.

°   깊은 밤의 술친구,
              고등어 통조림

              내 어린 시절에 비해 요즘 시중에서 파
는 식품들은 확연히 맛있어졌다. 프랜차이즈 레스토
랑의 음식도, 과자도, 냉동식품도, 편의점 도시락도.
캔커피, 즉석식품, 소주나 맥주 등도 놀랄 만한 진화
를 거쳤다.

   만일 40년 전에 스타벅스의 캐러멜 프라푸치노를
팔았다면 어땠을까. 아마 놀라운 맛에 반한 사람들이
입소문을 잔뜩 내서 이 음료를 마시려고 몰려드는 사
람들 때문에 뉴스에까지 보도가 되지 않았을까. 기현
상이 일어나고 있다고 말이다. 그 정도로 예전에 비
해 요즘은 맛의 질이 무척 좋아졌다.

특히 가장 큰 발전을 보이는 것 중 하나는 통조림이다. 나는 보통 눈을 뜨면 이불에서 나오자마자 일을 시작해 한계가 올 때까지 버티다 눈이 감기면 다시 이불로 파고들어 잠이 드는, 초극강의 불규칙한 생활을 하고 있다. 하지만 일을 마친 후 한잔하는 술(그러니까 아침술, 낮술, 밤술)만큼은 빼놓지 않는다. 그때 술친구로 곁들이는 것은 간편하고 보관기간이 긴 편이며 심지어 맛있게 진화를 거듭해준 안주, 바로 통조림이다.

최근 들어 가장 입에 맞는 것은 고등어 통조림이다. 그냥 먹어도 좋고 된장을 넣고 조린 것도 맛있다. 다만 고등어 통조림은 값과 맛이 정비례한다는 점을 알아둬야 한다.

얼마 아끼겠다고 아주 저렴한 통조림을 샀다간 갑자기 40년 전의 맛으로 돌아가 버리게 되니 주의가 필요하다. 생선 맛은 사라지고 온통 설탕 맛만 느껴지는 녀석을 만날지도 모르니까(그런 달달한 맛을 좋아하는 사람도 있겠지만). 반대로 조금 값이 나가는 고등어 통조림은 얼떨결에 소리를 지르게 될 정도다. "이게 통조림이라고?"

하나에 500엔 이상 나가는 아오모리현 하지노헤시青森県八戸市에서 수확한 '하지노헤 앞바다 고등어 통조림'은 적당한 지방을 함유한 동시에 감칠맛이 일품인, 미식의 경지에 이른 제품이다(개인적인 견해다). 평소에 즐겨 먹는 것은 하나에 200엔 정도인 이토식품伊藤食品의 고등어 통조림 시리즈다. 회사 이름을 밝혀버렸는데 홍보로 느껴도 어쩔 수 없다(웃음).

이 시리즈는 총 세 종류다. 금색 통조림은 된장조림, 은색은 기본조림, 검정은 간장조림으로 모두 저렴한 가격에 비해 그럭저럭 맛이 좋은 편이다. 소주나 정종을 좋아하는 편이라 술의 풍미에 맞춰 통조림 색을 바꿔가며 선택할 수 있어서 이 시리즈를 각별히 좋아한다. 참고로 기본조림을 먹을 때는 뚜껑을 열고 그대로 맑은 간장을 콸콸 부어 넣어 간을 맞춘다. 된장조림과 간장조림은 매운 향신료나 고춧가루 등을 뿌려 알싸한 매운 맛을 즐긴다.

부엌장에 채워둔 고등어 통조림이 다 떨어지면 참치 통조림, 닭꼬치 통조림, 꽁치구이 통조림 등을 다음 타자로 줄을 세운다. 전부 예전과 차원이 다르게 맛있어서 매일매일 행복한 마음으로 무심코 술잔을 기울이게 된다. 분명히 밝히지만, 내가 음주를 거르지 못하는 이유는 나의 의지와 상관없이 통조림 회사가 맛의 질을 높인 부단한 노력 때문이다.

그건 그렇고, 오늘의 원고도 드디어 끝냈으니 이만 실례!

즐거우면 됐교의

교주

대학 때부터 친하게 지내는 일러스트레이터 우누마 이치로 씨와 공저로《도쿄만 우그르르 탐험대東京湾ぷかぷか探検隊》를 몇 년 전에 출간했다. 제목에서 느껴지듯이 중년의 남자 둘이 탐험대를 결성해 도쿄만의 자연을 만끽하며 돌아다니는 내용이다.

낚시를 하거나 직접 잡은 생선을 요리해 먹기도 하고 갯벌에서 슬렁슬렁 캐낸 조개를 구워 먹기도 한다. 때로는 거대한 고래상어와 헤엄도 치고. 이렇게 하릴없는 장난들을 탐험하듯 즐긴다. 이치로 씨와 함께 쓴 책은 이런 자질구레한 일상을 일러스트와 함께 담은 에세이다.

'탐험대' 관계에서는 상대를 필사적으로 공격하는 '막말'이 빠질 수 없다. 어떤 상황을 제대로 즐기지 못하거나 상대의 말이나 행동을 받아치지 못할 때 서로 핀잔을 주기도 하는데 그럴 때 우리는 이런 식으로 말한다. "그건 록이 아니잖아!" 해석하자면 자유분방함이 부족하다 정도랄까.

그런데 이 말이 은근히 도움이 될 때가 많다. 우리 탐험대는 언제나 이 자유분방한 마음가짐을 잃지 말자고 다짐한다. 이 마음을 잃으면 생명을 잃은 것이나 마찬가지니까. 어려운 환경에 처할수록 더욱더 분방함과 호기로움을 잃지 말고 웃음으로 승화시키고자 한다. 인생을 얼마나 웃으며 지낼 수 있는지가 가장 중요하다고 확신하기 때문이다. 그렇기 때문에 '록이 아닌 일'은 우리의 가치관과 맞지 않다. 그래서 나와 우누마 씨는 '록'에 충실하기 위해 열심히 놀고 우리만의 탐험을 떠난다. 그리고 오늘도 데굴데굴 구르며 배가 찢어질 듯이 폭소를 터뜨린다.

내가 편집자 생활을 하던 20대 무렵에는 동기들에게 '즐거우면 됐교'의 교주라며 놀림을 받았다. 분명 당시의 나는 "타인에게 피해만 주지 않는다면 무슨 일이든 해도 좋아. 실컷 즐겨야지"라는 신조를 가지고 살았다. 하지만 바른 생활을 하는 동기들의 말이 반박할 수 없을 정도로 옳았기에 아무런 말도 할 수 없었다. 그렇다고 지금도 딱히 달라지지는 않아서 반론할 생각은 없다. 나는 불완전한 인간에 불과하니 아무리 신경을 쓴다고 해도 생각지도 않은 부분에서 다른 사람에게 피해를 줄 수도 있겠구나 싶다.

지금까지 편집자, 프리랜서 작가, 소설가로 조금씩 직업을 바꿔온 동안 멋진 사람들과 만날 기회가 있었다. 그리고 그렇게 자유분방하게 멋지게 사는 사람들이 가지고 있는 몇 가지 공통점을 발견했다. 우선 그들은 기본적으로 설레는 마음과 솔직한 마음을 무척 소중하게 여긴다. 그래서 고통스러운 상황이 닥쳐도 발아래 깔린 어두움을 쳐다보기보다 멀리 있는 한 줄기 빛을 찾으려고 한다. 그들처럼 살아가기 위한 팁은 두 가지 정도로 정리할 수 있겠다.

첫째, 고민하지 않고 생각하기.

둘째, 후회하지 않고 반성하기.

이 두 가지로 인생은 상상조차 할 수 없을 만큼 앞으로 나아가는 것 같다. '로큰롤'한 인생을 위해서 나의 탐험대도 변함없이 그렇게 나아가고 싶다.

。   히비스커스 꽃이
                     피어나다

              나는 좋은 커피 향기 앞에선 속절없이
약해진다. 며칠 전 업무 미팅을 마치고 나오다가 향
긋한 커피 내음에 붙들려 어느 작은 카페 안으로 홀
린 듯 빨려들어갔다. 조용하고 차분한 레트로 분위기
가 느껴지는 곳이었다. 슬쩍 둘러보니 빈 테이블은
전부 4인석, 혼자 앉을 만한 곳은 바 테이블뿐이었다.
나는 볕이 잘 드는 바 테이블에 자리를 잡았다.
  손글씨로 쓴 메뉴판을 살펴보니 어찌된 영문인지
커피는 찬밥 취급이었다. 커피는 귀퉁이에 작은 글씨
로 몇 종류 적혀 있을 뿐이고 가장 눈에 띄는 곳에 다
른 메뉴가 커다랗게 적혀 있었다. '강추! 오리지널 허

브티'. 따뜻하게도 차갑게도 주문할 수 있다는 설명이 덧붙었다. 강력 추천한다는 오리지널 허브티는 혼합차로서 수십 종류의 허브와 신선한 생과일을 섞어 만들었다고 한다. '입안을 화려하게 만족시켜줄 최고의 음료'라니. 그렇다면 어디 한번……

이럴 때면 나의 변덕스러운 성격이 어김없이 발동한다. 불과 몇 초 전까지 꼭 마시겠다고 다짐한 커피를 깔끔하게 포기해버리고 아이스 허브티를 주문한다.

음료가 곧장 도착했다. '강추'이면서 '화려한 최고의 음료'인 허브티는 히비스커스가 들어간 진홍색의 레드 징거 계열이었다. 드디어 그 최고의 음료를 한 모금 마신다!

그런데, 이. 거. 슨. 무. 엇. 인. 고?

나도 모르게 입에 물고 있던 빨대를 빼고 음료를 물끄러미 바라봤다. 뭐랄까, 화려한 만족감이 느껴지기는커녕 오히려 쓸쓸한 틈새 바람이 휘휘 가슴으로 파고드는 것만 같았다. 맛도 향도 아주 맹탕이었다. 그럴싸한 레스토랑에서 식전에 따라주는 작은 레몬 조각이 들어간 생수 같은 느낌. 딱 그 정도로 느껴질 만큼 연했다.

휴, 역시 커피로 할걸 그랬지. 작게 내뱉은 한숨이 유리잔에 부딪혔다.

그런데 문득 눈에 들어오는 것이 있었다. 이 허브티, 빛깔이 참 예쁘네. 때마침 창가 자리로 버터색을 띤 오후의 햇살이 쏟아져 들어왔다. 넌지시 볕이 내리쬐는 쪽으로 유리컵을 밀어보았다. 앗, 피었다!

유리컵을 비스듬히 투과한 햇볕이 테이블 위로 동그란 주홍빛을 그리며 살랑살랑 일렁대기 시작했다. 마치 햇볕 속에 핀 한 송이의 히비스커스 같았다. 게다가 얼음과 유리컵이 보기 좋게 빛을 굴절시켜 붉은 꽃 주변을 반짝이며 빛내고 있는 것이 아닌가.

어느새 기분이 좋아져 가방 안에서 읽다만 소설책을 꺼내 펼쳤다. 그리고 책을 읽다 잠깐씩 고개를 들어 꿈속에서 춤을 추듯 살랑거리는 붉은빛의 꽃을 멍하니 바라보았다.

얼마나 평온한 시간이었는지 모른다. 그렇게 맛도 향도 옅디옅은 허브티를 나름 제대로 즐겼다. 따스한 햇볕이 드는 바 테이블에 앉아 뜻밖의 행운을 만난 것 같은 반짝이는 오후였다.

°   선생님 말고
                     스승님

                     이 이야기를 꺼내면 종종 "특이하네"라
는 말을 듣는다. 나는 평소에 주변 사람들로부터 주로
'선생님'이라는 호칭으로 불리는데 솔직히 좀 편치
않다. 정말이지 윗사람처럼 대놓고 우러러 모시는 듯
한 어감이라서 듣는 쪽에서는 부끄럽고 오글거린다.
  소설가는 무언가를 가르치는 사람이라기보다 세상
사람들로부터 배우는 쪽에 가깝다. 예전에《에밀리의
작은 부엌칼》이라는 소설을 썼는데, 소설가는 어쩌면
할아버지와 마을 사람들에게 하나씩 차근차근 요리
를 배우는 주인공인 에밀리와 더 닮아 있다고 생각한
다. 소설가는 취재를 하거나 잡담을 하면서 많은 것

을 배우고 그것을 문장으로 만들어낼 뿐이다. 그러니까 내가 설 자리는 선생님이 아니라 오히려 '학생' 쪽이다. 그런데 자꾸만 선생님이라 불리니 가시방석에 앉은 것마냥 몸 둘 바를 모르겠는 거다.

결국 최근에는 선생님이라고 부르는 사람들에게 이렇게 말하기 시작했다.

"죄송하지만, 선생님이라는 호칭은 삼가주세요. 저는 그냥 모리사와 씨가 좋습니다. 그럼에도 부득이하게 존칭으로 불러야만 한다면 그때는 차라리 '큰 스승'으로 부탁드립니다."

이 말을 하면 그다지 친하지 않은 사람조차 훗, 하고 웃는다. 그중에는 일부러 "모리사와 큰 스승님"으로 불러주는 사람도 있어서 서로 웃다가 화기애애한 분위기가 만들어지기도 한다. 원래 친하게 지내는 사람들은 이제는 아무 말 하지 않아도 실실 웃어가며 "어이, 큰 스승"이라고 놀리는데 그것도 나름 재미있다.

요새는 종종 이런 생각이 든다. 소설가란 '세상에서 가장 작은 탈 것'을 만드는 사람이 아닐까. 소위, 문예창작물이라는 것은 종이 위에 독자의 마음을 태워 미지의 세계로 데려가는 마법의 양탄자와 같은 것이니까. 그런 의미에서 나는 탈 것을 만드는 '제조사'다. 임원에서 말단사원까지 혼자 도맡아 하는 초 영세기업.

초 영세기업이긴 하지만, 모리사와 브랜드의 제조 담당자로서 고객님들께 바라는 점이 있다. 책의 마지막 페이지를 덮고 난 후 상상의 여행지에서 돌아왔을 때 이전의 자신과는 다른 사람이 되어 있기를. 이야기 사이를 누비며 수많은 감정을 받아들이고 겪으면서 자신도 모르는 사이 새로운 버전으로 거듭나기를, 읽기 전보다 읽고 난 다음의 삶이 조금은 더 빛나 보이기를.

어쩌다 보니 회사 홍보를 한 셈인데, 어쩌겠나. 부디 큰 스승의 말씀으로 받아들여주시게나!

○   흥미로운
             인간도감

한 번 사는 인생, 매일 콧노래를 부르며 기분 좋게 살 수 있으면 좋으련만. 때로는 보자마자 화가 치밀어 오르는 사람을 만날 때도 있다. 나는 그런 사람을 만나면 흥분하는 대신 머릿속에 만들어둔 '흥미로운 인간도감' 리스트에 집어넣는다.

본래 인간은 동물과 같아서 내 마음대로 움직여지지 않는다. 화를 내봐도 별 소용이 없으니 빨리 포기하는 편이 낫다. 참새에게 먹이를 주려고 다가갔는데 참새가 확 날아가 버렸을 때, "가만있을 것이지 어딜 가! 장난쳐?"라고 심각하게 화를 내지 않는 것처럼.

인간도 마찬가지다. 그래서 뜻이 통하지 않는 사람

이 있다면 '흠, 이렇게 행동하는 사람도 있단 말야? 재밌네'라고 가볍게 생각해버리고 만다. 그리고 그런 사람을 흥미로운 인간도감에 추가한다.

도감 리스트에 들어간 사람은 내 화를 돋우던 사람에서 '흥미로운 사람'이 된다. 그때부터 '어째서 이 생물은 저런 태도를 보일까?' 하면서 이리저리 객관적으로 바라보게 된다. 이렇게 타인의 사고와 행동을 분석하다 보면 나 자신도 돌아보게 되는데, 이는 나의 모습을 가다듬는 것으로 이어지게 되어 일석이조의 효과가 있다.

곤충도감이 머릿속에 들어 있는 사람은 곤충박사라고 존경을 받는다. 어류도감, 공룡도감도 마찬가지다. 그렇다면 흥미로운 인간도감이 머릿속에 있는 사람은 흥미로운 인간박사가 아닐까. 이 도감은 인간사회에서 기분 좋게 살아가기 위해 가장 도움이 되는 도감이자 소설가인 나에게는 무려 캐릭터 구상의 자료집이 된다.

그런데 흥미로운 인간도감에 추가하는 것만으로는 해결이 되지 않는, '슈퍼 레전드급'을 만날 때가 있다. 그렇다고 뭐 어쩌겠는가, 그때는 또 다른 도감을 꺼내보는 수밖에.

"이 단백질 덩어리 정말 대단한데. '흥미로운 단백질도감'에 넣어버려야겠군."

°　　　　　　매일이
　　　　　　보물찾기

　　　　　며칠 전 잡지 취재와 로케이션 일을 할
겸 미나미보소南房総에 있는 해안 미술관을 방문했다.
미나미보소는 지바현 보소반도 남쪽 끝에 있는 삼면
이 바다로 둘러싸인 아름다운 도시로, 해안 미술관은
사진가 아사이 신페이浅井慎平 씨가 만든 사설 미술관
이다. 미술관은 에어컨이나 조명을 최소화하는 대신
자연에서 불어오는 바람과 빛을 느끼며 아사이 씨의
작품을 감상할 수 있도록 꾸며져 있다. 이 콘셉트가
무척이나 멋져 작은 미술관임에도 여유로운 마음으
로 만족스러운 시간을 보냈다.
　　아사이 씨의 사진에서는 마치 1970년대의 바람이

훅하고 불어오는 듯했다. 그만큼 생생한 감동이 느껴지는 깊이 있는 작품이었다. 전시회 주제가 바뀔 무렵 한 번 더 찾아가보고 싶을 정도다.

글을 쓰기 전 나는 사진 편집자로 일했다. 그래서 여전히 사진을 보는 것을 좋아한다. 찍는 건 엉망이지만.

그건 그렇고 풍경 사진가라니, 꽤 멋있는 직업이 아닌가. 나는 아주 어릴 적부터 그들을 선망과 동경의 눈으로 바라봐왔다. 세계의 온갖 아름다운 것들과 그림이 되는 풍경을 탐색하는 프로들의 일, 흔치 않은 직업이다. 아름다운 것, 그림이 되는 것을 자유롭게 찾아다니며 그것들과 마주친 찰나의 순간을 기록한다. 셔터를 눌러 사진으로 남기고 단 한 장의 보물로 수집한다. 작품의 가치를 돈으로도 인정받고 스스로 인생의 스펙트럼을 끝없이 넓혀간다. 역시, 멋지다!

어릴 때 보물찾기에 설렜던 것처럼 풍경 사진가들은 어른이 되어서도 그 설렘을 마음껏 즐기고 있는 것 같다. 물론 그들에겐 '일'이니 우리가 생각하는 것만큼 한가하진 않을 것이다. 편하게 노력 없이 얻어지는 것이 어디 있을까. 안일한 태도로 임했다간 곧장 일자리를 잃게 될 테다. 그럼에도 내가 아는 풍경 사진가들은 순수한 감성을 잃지 않고 피사체와 순간의 만남에 늘 설렌다. 뷰파인더 너머의 아름다움을 수없이 담아온 눈동자에는 역시나 깊이 있는 빛이 드리워져 있다. 그 점이 정말 멋져 보인다. 그렇게 멋진 그들을 보고 있으면 늘 좋겠다, 부럽다 하며 탄식하게 된다.

그렇다고 부러워만 하고 있을 일은 아니다. 지금 우리들에게도 그 순간을 포착할 가장 좋은 무기인 스마트폰이 있으니까. 이 또한 멋진 일이 아닐 수 없다. 언제 어디서든 이 세상의 아름다운 것, 그림이 되는 모든 풍경을 찾아 자유롭게 담을 수 있으니까. 게다가 SNS로 내보내 '전시'와 비슷한 것도 할 수 있다. 어떤 의미에서 이 행위는 건축비가 전혀 들지 않는 사설 미술관을 세운 것이나 다름이 없다. 아사이 신페이 씨처럼 물리적인 공간까지는 만들어낼 수 없지만, 원하는 세계를 온라인에서 실현해보는 것이다.

더욱이 아마추어라면 업데이트한 사진의 가치가 있

든 없든 신경쓰지 않고 자유롭게 즐기면 된다. 자신이 찍은 사진에 대해 책임질 일도 없고 사진을 찍는 일이 개인 생활에 영향을 주지도 않는다. 편리한 데다 흡족함만 남으니 이 얼마나 마음에 드는 일인지!

최근 SNS에서 사진 편집자 이력을 가진 내가 보기에도 오? 하고 입을 모아 감탄하게 되는 아마추어 사진이 종종 눈에 띈다. 그림이 되는 멋진 풍경이 여전히 세상에 무수히 존재하고 있다는 것을 느끼게 해준다.

이 세계는 작은 보물로 넘쳐난다. 이 사실을 의식하며 지낸다면 삶에는 늘 보물찾기의 설렘이 함께할 것이다. 그리고 꾸준히 그 장면들을 찾아내다 보면 언젠가 멋진 풍경 사진가처럼 깊이 있는 눈동자를 얻게 될지도 모른다.

。   꼰대

어르신들에게

          얼마 전 창고를 정리하는데 먼지가 수북이 쌓인 종이 상자가 나왔다.

"어?"

어쩐지 낯이 익었다. 나는 먼지를 털고 조심스럽게 상자를 열었다.

"이건……"

상자 안에는 어릴 적 가지고 놀던 장난감이 잔뜩 들어있었다. 켄다마劍玉(실에 달린 공을 뾰족한 부분인 칼에 꽂아 넣거나 평평한 접시 부분에 올려 세우며 노는 일본의 민속놀이 장난감), 요요, 팽이, 슈퍼 카 플라스틱 모델인 카운타크 LP500 등.

곧바로 켄다마를 집어 들고 "여보세요 거북님, 거북님이요~"라며 켄다마 놀이를 할 때 부르는 노래를 흥얼거렸다. 의외로 실력이 녹슬지 않은 게 놀라웠다. 칼에도 공이 바로 꽂혔고 '꾀꼬리ぅぐいす'에도 척척 성공했다. 꾀꼬리는 공을 당겨 올린 후 접시와 칼 사이에 끼우는 고난이도 기술로 옛날에 익힌 솜씨가 아직 건재한 것 같아 흐뭇했다. 덕분에 창고 정리는 뒷전으로 미뤄놓고 한참동안 켄다마 놀이에 빠져버렸다.

추억이 방울방울 떠오르는 놀이를 하고 있으니 머릿속에서 꼬꼬마 시절의 기억이 인화된 사진처럼 팔랑팔랑 흩날린다. 반바지에 야구 모자를 쓰고 무릎에는 넘어져 생긴 딱지가 훈장처럼 늘 붙어 있던, 온 동네를 뛰어놀던 개구쟁이 소년. 골목대장 노릇을 하고 다녔어도 마음은 여린 아이였는데. 주마등처럼 스치는 옛 추억에 잠겨 잠시 뭉클해졌다.

어른들은 종종 "그때는 참 좋았지, 그에 비하면 요즘 아이들은"이라며 아랫세대를 얕잡아보는 듯한 말을 한다. 정말 그럴까? 이건 어릴 적부터 늘 품어왔던 풀리지 않는 수수께끼와 같은 궁금증이다. 그도 그럴 것이 어른들이 말하는 '그때'도 나름의 고민으로 괴로웠을 테고, 슬픈 일도, 울고 싶었던 순간도, 또 불합리한 상황도 많았을 것이다. 그 모든 걸 자신의 힘으로 견뎌내야만 했을 텐데 "좋았다"라는 한마디로 한 시절을 정리할 수 있을까?

분명 시대의 변화에 따라 옳고 그름의 기준은 다양하게 존재했다. 그리고 다들 그 시대에 적응하기 위해 마음에 수많은 상처를 입으면서도 열심히 견디며 성장해온 것이다. 그래서 지금의 아이들과 기성세대와의 단순한 비교가 무슨 소용이 있나 싶다. "요즘 아이들은 칼로 연필도 못 깎아"라는 말을 들으면 반사적으로 "그럼 가르치면 되지"라고 반박하고 싶어진다. 사실 칼이 위험하다며 자동 연필깎이를 쥐어준 것은 바로 어른들 아닌가?

어릴 적 존경하던 어른은 어린 후배나 어린 친구들 앞에서 "그때는 좋았지"라는 한숨 섞인 푸념을 뱉는 사람이 아닌, 현재를 빛나게 사는 법이나 앞으로의 밝은 미래에 대한 이야기를 들려주는 사람이었다. 물

사치스러운 고독의 맛

론 옛날을 회상하며 추억하는 일을 나무라는 것은 아니다. 그럴 때일수록 단어 선택이 중요하다고 생각한다. "그때는 좋았다"보다 "그때도 좋았다"라고 말해 보는 것이다. 이 말을 자연스럽게 할 수 있다면 현재의 장점을 발견할 능력을 겸비한 사람, 즉 '행복하고 멋진 어른'일 가능성이 높다.

오랜만에 켄다마를 만지며 이런저런 생각에 잠기다 난생처음으로 최고 난이도인 '거꾸로 떨어뜨리기さか落とし'에 성공했다. 공쪽을 잡고 칼을 위로 던져 공의 구멍에 꽂은 것이다. 봐주는 이는 아무도 없었지만, 나는 창고 앞에서 혼자 우쭐한 표정을 지어 보였다.

°   '시간 거지'의
            하루

                주말, 월말, 연말……. '말'이라는 글자
와 만나면 매순간 흠칫 놀란다. 응? 벌써?

   1년이라는 시간은 정말 눈 깜짝할 사이다. 새해를
맞은 지도 얼마 안 된 것 같은데 어느새 연말이 온다.
이 정도 속도라면 내 남은 인생도 정말 화살처럼 순
식간에 지나가버리지 않을까. 아, 두렵기까지 하다.

   아마도 난 '시간 거지' 근성을 타고난 것 같다. 시간
이 가는 게 아까워서 어쩔 줄 모른다. 그래서 '말'이
라는 시간의 끄트머리를 마주할 때마다 그래, 지금을
충실하게 잘 보내야지라며 허둥대기 시작한다.

   시간 거지 근성을 가진 입장에서 보자면 나, 당신,

우리 모두는 태어난 순간부터 모래시계 속에서 떨어지는 모래처럼 살고 있는 것처럼 보인다. 지구라는 별에서 자유롭게 놀고 오라고 신이 허락한 시간이 딱 그만큼인 셈이다. 신은 모래시계를 기울여놓았지만, 모래의 양은 결코 가르쳐주지 않는다. 자, 남은 모래알이 다 떨어지기 전에 당신이 하고 싶은 것은 무엇인가?

원하는데도 아직 하지 못한 일이 있다면 당장 시작해보는 게 어떨까. 내일 무슨 일이 일어날지는 아무도 모른다. 갑자기 이 세상과 작별한다고 생각해보자. 한 발을 내딛느냐 마느냐에 따라 후회를 할지 말지가 결정된다. 이런 말을 들으면 조금은 서두르게 되지 않는가? 마음이 조급해져 오는가? 그렇다면 환영한다. 시간 거지 근성의 열차에 탑승한 것을!

°   성실한 인간에서
                      벗어나는 방법

                   아주 오래전 이야기다. 무척 성실하고
똑똑한 지인 하나가 어느 날 책을 읽고 있었다. 공부
도 많이 하고 워낙 똑똑한 사람이니 뭔가 어려운 책
을 읽겠거니 싶어 표지의 제목을 살짝 훔쳐봤다. 그
런데 나도 모르게 '엥?' 소리가 튀어나올 뻔 했다. 보
지 말았어야 할 무언가를 본 사람처럼 한 발자국 뒤
로 주춤 물러났다.

　너무 오래전이라 확실하지는 않지만, 그가 읽던 책
의 제목은 '성실한 인간 탈출법'이라는 뉘앙스였다.
성실한 인간으로부터 탈출하고 싶어서 책을 읽고 공
부를 하는 성실함이라니. 그 사실에 모순을 느끼는

사람이 비단 나쁜일까?

하지만 그에게는 그 후 분명한 변화가 일어났다. 갑자기 중형 바이크를 타고 늠름한 모습으로 나타난 것이다. 그런 그의 가방 속에는 바이크 타는 방법, 바이크 유지 방법 등 '바이크 라이프란 무엇인가'에 대해 배울 수 있는 책이 수두룩했다. 역시 뼛속까지 성실함이 배어 있구나. 무엇보다 인상적이었던 것은 그의 얼굴이 활짝 피었다는 것이다. 자신을 싸고 있던 껍데기를 한 겹 벗어던진 후 상쾌함을 맛본 듯했다. 그 점이 제법 멋져 보였다.

개인적으로 성실함은 살아가는 데 있어 무척 멋진 자세라고 생각한다. 타인에게 피해를 주지 않고 묵묵히 배우려고 노력하면서 한 발 한 발 확실하고 단단하게 성장해가려는 마음가짐이니까. 성실한 삶에는 절대 흔들리지 않는 강인함조차 느껴진다. 성실한 사람들은 당연히 꿈을 이루거나 목표를 달성할 확률도 높을 것이다. 그렇지만 한편으로 그런 사람들이 성실하지 않은 사람들을 부러워하는 마음도 이해가 간다. 원래 인간은 자신이 갖지 못한 것을 욕심내는 생물이지 않나.

사람의 성격은 바꾸려 해도 좀처럼 바뀌지 않는다. 그러나 지금의 내가 도저히 마음에 들지 않고, 좋아할 수 없는 상태라면 우선 성격이 아닌 행동부터 바꿔보면 좋겠다. 지금까지의 자신이라면 절대 가지 않았을 세계로 한 발 내딛어보는 것이다. 앞서 그 친구가 했던 '바이크 타 보기'처럼 일부러 '선'을 넘어보는 것이다. 선을 넘을 때에는 가능한 한 어떻게 될지 예측할 수 없는, 모험적인 요소가 포함된 도전이 좋다. 그런 행동을 반복하다 보면 지금까지의 인생에서는 결코 누릴 수 없었던 수많은 발견을 하게 되고 낯선 감정을 경험하면서 자신도 모르는 사이에 성격이 바뀌게 된다. 어떤 책에서(이 책도 제목을 잊어버렸다) 이런 문장과 만난 적이 있다.

"성격은 행동을 반복한 결과이다." 고로 성격은 '습관'이라는 뜻이다. 자신이 부정적이라는 생각이 들면 부러 긍정적인 행동을 반복해보자. 조금씩이라도 좋으니 일단 해보는 것이다. 그러는 사이에 긍정적인 행동을 하고 있는 자신의 모습이 익숙해지고, 어느새

'난 긍정적인 사람이었네!'라는 생각이 들게 되리라.

나는 마감만 다가오면 '안 돼! 어떡하지?'라고 안절부절하면서 책상에 엉덩이를 붙이지 못하는 바보 같은 성격을 바꾸고 싶었다. 그래서 억지로 도전의식을 불태워 매번 원고를 제때 넘기는 행동을 습관으로 만들었다.

그러자! 500%의 확률로 담당 편집자에게 다시 써 달라는 메일이 돌아와 한층 더 어쩔 줄 모르게 되어 버렸다. 그래서 결국 성실하지 않은 본래의 상태로 돌아왔다. 대신 가능한 한 성실한 길을 찾아 묵묵히 원고를 써 나가려 한다. 이 정도면 많이 나아진 거 아닌가?

꽃은 정말

아름다울까

모교인 중학교에서 강연 제안이 왔다. '이번에는 무슨 말을 할까?' 하면서 오랜만에 통학로를 천천히 걷던 어제, 이런 일이 있었다.

내 앞으로 한 모녀가 나타났다. 둘은 손을 잡고 있었고, 네 살 무렵으로 보이는 딸의 발걸음은 깡충깡충 신나보였다. 사이좋은 모녀의 뒷모습이 흐뭇해 따스한 눈길로 바라보고 있는데 갑자기 아이가 걸음을 멈췄다.

"엄마 저거 봐, 꽃이 많다. 예쁘지?"

그리고는 길에 핀 붉은 분꽃을 조그만 손가락으로 가리키며 엄마를 올려다보았다. 그 순수한 감성과 여린 손짓이 내 마음까지 간지럽혔다. 딸의 말에 엄마도 환하게 웃으며 "어머, 그러네. 너무 예쁘다!"라고 답했다. 그런데 미소 짓는 엄마의 모습 너머로 불쑥 엉뚱한 생각이 들었다. 근데 분꽃이 정말 그렇게 예쁜가?

　내게 분꽃이란 그저 어린 시절 장난감이었다. 검은 씨 부분을 손으로 살짝 잡아 빼 낙하산 모양을 만들어 가지고 놀았다. 재미로 만지던 꽃이었으니 적어도 내게는 단 한 번도 '예쁜 꽃'으로 느껴진 적이 없었다. 같은 꽃을 봐도 사람과 상황에 따라 이토록 다른 감정을 가질 수 있다니.

　또다시 엉뚱한 생각이 꼬리를 물고 이어진다. 본래 꽃이란 진정 아름다운 것인가? 혹시 꽃을 아름답다고 느끼는 마음이 아름다운 것은 아닐까?

　꽃은 아름답다. 하늘은 푸르다. 참치뱃살은 맛있다. 선생님은 훌륭하다. 어릴 적 꿈은 이루어지지 않는다. 포기하지 않고 노력하면 언젠가 이루어진다. 모리사와 아키오의 소설은 최고다? 등. 지금까지 살아오면서 상식처럼 여기던 이모저모가 진정 그러한지 의심이 든다. 맑은 날 바라보는 하늘은 정말 푸른색일까? 사람마다 각자 다른 색으로 보일지도 모르는데.

세상의 상식을 일일이 '정말 그럴까?'라고 딴지를 걸기 시작하면 그 옆에 멀뚱멀뚱 서 있던 '주관'이라는 녀석이 가까이 다가온다. 그럼 사고가 한층 흥미로워진다. 예를 들면 내가 좋아하는 참치뱃살도 에도시대에는 버리는 부분이었다고 한다. 맛에 대한 견해도 시대의 주관에 따른 것이다. 선생님이라 불리는 사람 중에서도 분명 범죄자가 있으니 훌륭한지 어떤지 결정하는 것도 주관에 따라 좌우된다. 어릴 적 꿈을 완벽하게 이룬 사람도 많고, 피땀 흘린 최선의 노력을 했음에도 보상받지 못하는 사람도 많다. 즉 이 모든 것이 '주관에 따른 상식'일 뿐이다. 앞서 언급한 것들 중에서 유일하게 진정한 상식을 꼽자면, 모리사와 아키오의 소설은 최고다가 아닐까. 후훗. 그러기를 감히 바라는 바다.

여하튼 상식이라는 건 누군가가 만든 애매한 환상에 지나지 않는다. 지금까지 줄곧 품어온 상식 중에는 사실 티끌만큼도 사실이 아닌 것들이 숱하다. 그러므로 지금 가지고 있는 상식을 일단 모조리 버리는 게 한결 건강하고 온전한 마음을 가지는 데 도움이 될지도 모른다.

그동안 묵혀둔 생각을 풀어낼 수 있게 도와준 순수한 그 아이에게 진심으로 고맙다. 아이는 찰나의 순간에 깨달음을 준 선생님이나 다름없다.

상식이라는 개념은 살아가는 데 있어 자주 족쇄가 되곤 한다. 상식에 어긋나는 것은 절대 안 된다고 스스로 단정 짓게 하고, 무난한 길에서 이탈하지 않도록 조심하게 만든다. 그래서 발상이나 행동을 마음껏 펼치는 데 커다란 제약이 되어 결국 도전할 의욕을 사라지게 한다. 바꿔 말하면 상식이라는 탈을 뒤집어쓴 남이 만든 가치관에 따라 인생을 살아가게 되는 것이다.

큰일이다. 이 정도면 상식은 '하등 쓸모없는 것'이라고도 볼 수 있지 않을까. 단 한 번뿐인 인생을 이렇게까지 따분하게 만들어버리다니. 자신이 스스로 쌓은 가치관과 도덕관 위에서 세계를 바라보고 상식 따위에 얽매이지 말고 자유롭게 기분 좋게 마음껏 일상을 즐겼으면 좋겠다. 상식적으로만 산다는 것은 불가능한 일이니까.

참고로 강연이 있던 날 모교의 후배들에게 이렇게 열변을 토했다.

"누군가가 마음대로 만들어놓은 상식에 얽매이지 마. 너희들 인생의 가치는 스스로 정하도록."

선배랍시고 멋진 말을 한번 해봤다. 귀엽고 순수한 나의 선생님, 정말 고마워요!

。 　　　　야숙
　　　　예찬

20대 초반에는 바이크를 타고 여러 지역의 아름다운 강과 바다로 실컷 놀러 다니며 방랑객 생활을 했었다. 그 무렵 장기 무전여행을 즐기다 잠깐 집으로 돌아왔을 때의 일이다. 오랜만에 뉴스를 보다가 눈을 의심했다. 맙소사, 일본 총리가 바뀌었다!

만사태평한 편이지만, 내가 모르는 새 일어난 세상의 변화에 탄성이 절로 나왔다. 우리나라의 총리가 누구인지 몰라도 별 상관없이 유쾌하고 즐거운 여행을 즐길 수 있구나. 그렇다면 행복한 삶을 위해 필요한 정보나 물건이 과연 어느 정도나 될까?

방랑객으로 살아본 사람으로서 나의 대답은 이렇다. 우선 물건은 '바이크 짐칸에 실을 만큼'이면 충분하다. 실제로 그만큼의 짐을 가지고도 사계절을 딱히 큰 문제없이 지냈다. 돈도 최소한만 갖고 있으면 지낼 만하다. 뉴스처럼 세상 돌아가는 소식은 있으나마나한 수준이고 텔레비전이나 라디오가 없어도 전혀 문제가 없다. 내가 떠돌이 생활을 할 때는 휴대폰도 인터넷도 없던 시절이었으니까.

  바이크 여행의 기본은 짐을 과감히 줄이는 것이다. 싣고 다닐 수 있는 양 자체가 한정적이니 불필요한 짐은 빼버린다. 가지고 가지 않는 대신 현장에서 무언가 부족하거나 필요하게 되면 지혜와 기술을 총동원해서 해결한다. 그 점이 또 다른 즐거움이기도 하다. 지금의 나는 그런 경험을 젊었을 때 했던 것을 큰 행운으로 여긴다. 물건이나 정보가 거의 없어도 행복하다는 감각을 가슴 속 깊이 새겨 넣을 수 있었으니까.

  '없어도 행복해'라는 생각을 가진 사람은 좋은 의미로 만만치 않은 사람이다. 행복의 허들이 매우 낮아서 불행을 느끼기 힘들기 때문이다. 없어도 행복하다는 것은 곧 '조금만 있어도 훨씬 행복하다'라는 뜻이기도 하다. 시작 지점에서부터 이미 행복하니 앞으로 다가올 행복은 믿을 수 없을 만큼 큰 행복이 된다. 계속 행복만이 다가오는 것이다. 그런데 '무엇이 있어서 행복해'라며 물건이나 정보 등을 가질 때 행복하다는 조건을 붙여버리는 사람은 그만큼 고생을 하게 된다. '무엇'을 잃는 순간, 아주 쉽게 불행해져 버리기 마련이다.

대학생들에게 종종 이런 말을 하곤 한다.

"단 하룻밤이라도 좋으니 불빛이 없는 집에서 혼자 야숙을 해봐. 당연히 휴대폰은 놔두고."

이것을 해보면 신선한 깨달음을 얻을 수 있다고 자신 있게 말할 수 있다. 하지만 아쉽게도 나의 충고를 실천한 대학생은 아무도 없었다. 그런데 단 한 사람, 실천해봤다는 사회 초년생을 만난 적이 있다. 그 사람은 원래 소설가 지망생이었는데 야숙의 경험이 자신의 세계관을 완전히 바꿔버렸고, 전혀 다른 감성으로 소설을 쓰게 되었다고 한다. 그는 결국 신인상까지 타게 되었다. 대단하지 않은가? 게다가 그는 일부

러 내 강연에 찾아와 "모리사와 작가님 덕분에 상을
받았습니다"라는 소감까지 전해주었다. 진심으로 축
하하고, 기쁜 일이 아닐 수 없다.

　당연한 말이지만 그가 상을 받은 건 나의 충고 덕분
은 아니다. 오히려 소설가로서 추천한 조언을 '일단
한번 해보자'라는 행동력이 있었기에 좋은 소설도 쓸
수 있었을 것이다. 사람은 경험으로 성장하는 생물이
다. 그래서 일단 행동을 통해 배워서 성장한 사람은
강한 것이다.

　지금 이 글을 읽고 있는 당신도 일단 야숙을 가볍게
시도해보지 않겠는가? 흠, 휴대폰이 없으니 모리사와
아키오의 소설을 가져가도 좋다는 규칙을 추가해도
좋다.

°   행복의 허들은
              낮게

              나의 작업실은 언덕 위 집 2층에 있다.
감사하게도 남향이라 창밖으로 해질녘에 노을을 바
라볼 수 있다. 그래서 SNS에 노을 사진을 종종 올리
기도 한다.
  바다나 산이 보이지는 않아도 나름 경치가 좋은 방
에서 원고를 쓴다는 것은 행복한 일이 아닐 수 없다.
"쓥~ 하~" 글을 쓰다 피곤해지면 창밖으로 얼굴을
내밀고 심호흡을 크게 한번 한다. 그리고 창밖을 내
려다보면 정감 있는 동네의 골목들이 이어지고 눈을
들면 넓은 하늘이 펼쳐진다. 온종일 혹사당했던 눈도
잠시 쉬어간다.

이래저래 벌써 30년이나 된 옛 이야기지만, 이 집의 창문에서는 도쿄항이 한눈에 펼쳐졌다. 머나먼 수평선은 넘실넘실 은빛으로 물들어 빛났고 수많은 어선이 수면 위로 진한 그림자를 드리우며 소리 없이 두둥실 떠다녔다. 그리고 바다에서 서쪽으로 시선을 돌리면 후지산을 만날 수 있었다. 그때 그 경치는 어린 눈에도 충분히 멋진 것이었다. 기억력이 좋지 않은 편이지만 선명하게 기억한다.

지금은 언덕 아래에 아파트가 빼곡하게 세워져 도쿄항을 가려버렸고 입시학원 빌딩이 후지산마저 가로막아버렸다. 소중한 경치를 잃어버린게 안타깝다. 아주 아주.

그나마 넓은 하늘은 남아 있으니 얼마나 다행인지, 그래서 매일 바라보게 된다. 내 멋대로 만든 지론이기는 하지만, 행복한 사람은 하늘을 사랑하는 것 같다. 눈만 들면 보이는 당연한 경치라고 해도 매번 의식해서 올려다보지 않으면 포착할 수 없는 순간들을 소중하게 여기는 사람이니까. 행복을 향한 소소하지만 짙은 감수성, 이런 것을 느끼는 사람이야말로 행

사치스러운 고독의 맛

복의 허들이 낮은 사람일 것이다.

흔히 불치병에 걸리거나 시한부 선고를 받은 사람들에겐 평범한 세계가 갑자기 눈부시게 빛나 보인다고 한다. 내일도 모레도 꾸준히 살아갈 대부분의 사람들에게는 당연한 풍경이지만, 그들에겐 살아서 지켜볼 수 있는 마지막 고결한 행복으로 느껴지기 때문이리라. 병을 얻어 불행을 맛보는 대신 행복의 허들이 단숨에 낮아지는 경험을 하는 것이라고도 볼 수 있겠다. 푸른 하늘만 봐도 눈물이 글썽여지는 소중함에 대해 다시 배우면서.

무릎 인대가 파열된 적이 있다. 반월판(무릎 관절 사이에 있는 반달 모양의 연골. 무릎이 부드럽게 움직일 수 있도록 돕고 관절의 충격과 자극을 완화한다)이 무너져 관절낭이 찢어지는 큰 부상을 당해 구급차로 옮겨져 입원과 수술을 해야 했다. 그때 나 역시 아무렇지 않게 병동을 걸어 다니는 사람들이 진심으로 부러웠다. 그 순간 절절하게 깨달았다. 걸을 수 있다는 것이 얼마나 행복한 일인지.

딱히 병에 걸리거나 다치지 않아도 지금 바로 허들

을 낮추겠다는 마음만 먹으면 누구나 행복해질 수 있다. 그것을 깨달은 뒤 나는 되도록 행복의 허들을 낮게 설정하려고 한다. 기준을 낮추고 단순하게 만들면 얻는 게 많다. 행복의 허들이 높은 사람은 어떤 삶의 고비에도 걸려 넘어져 불행해지기 쉽다.

야식으로 싸구려 즉석 볶음면을 먹어도 진심으로 "맛있어!" 하며 기뻐할 수 있고, 길가에서 누군가의 애정이 담긴 다소곳한 화분을 발견하는 것만으로도 흐뭇한 미소를 지을 수 있다. 일을 마치고 혼자서 마시는 맥주는 그야말로 행복의 극치. 이 세상에 '행복의 조미료'를 팍팍 뿌리는 기분, 그런 것은 누가 먹어도 맛이 없을 수가 없다.

행복의 허들은 낮게, 하지만 행복을 만끽하는 마음은 높게! 어차피 한 번 사는 인생이니 즐겁고 편하게 살아보자!

원고를 쓰고 있는 오늘도 구름 한 점 없이 청명하다. 조금 지나면 내 인생에서 오늘, 이 순간밖에 볼 수 없는 석양이 펼쳐지겠지.

말이 나온 김에 대자연이 펼쳐내는 숨 막히는 예술

을 공짜로 즐길 수 있는 이곳에서 유유히 감상을 해
볼까 한다. 인터넷에서 구입한 싸고 맛있는 커피를
마시면서.

°   욕실화 하나
               바꿨을 뿐인데

                까마득한 옛날부터라고 해야 할까. 발 사이즈가 정해진 무렵부터 나는 겨울의 욕실 청소가 고충이었다. 어째서냐고?

   실은 욕실 청소를 할 때마다 신는 하늘색 '그것'(신발이라고 해야 하나?)이 여성용 사이즈(약 240mm)라 발가락 끝이 닿아 무척 아프기 때문이다. 어릴 때부터 줄곧 같은 사이즈를 신어왔고 지금까지 큰 사이즈를 본 적이 없어서 이 세상에 이런 물건은 여성용밖에 없다고 마음대로 생각하고 있었다.

   그런데 얼마 전 평소처럼 발가락 끝의 고통을 참아가며 욕실 청소를 하고 있을 때 불현듯 이런 생각이 떠올랐다. 잠깐, 이게 아닌데. 정말 이 사이즈밖에 없다면 욕실 청소는 무조건 여자의 일이라는 거잖아? 요즘 시대에도 이런 성차별이 남아 있단 말야? 욕실 청소를 하는 남자도 무수히 많을 텐데. 그중 누군가 신발공장에 남성용 사이즈를 만들어달라고 요청했을지도 몰라. 아니면 그 신발회사에 근무하는 남자 중에서 나와 같은 고통을 느껴 큰 사이즈를 만들어야겠다고 생각한 사람이 분명 있지 않을까?

분명, 있을 것이다.

그렇게 발가락의 고통을 참아가며 욕실 청소를 마친 나는 바로 인터넷에 접속했다. 남성용 사이즈의 그것이 존재하는지 반드시 찾아낼 작정이었다. 그런데 정작 컴퓨터 앞에 앉으니 머리가 멍해졌다. 검색창에 넣을 키워드가 떠오르지 않았다. '욕실 청소할 때 신는 그것'은 과연 정식 명칭이 있는 상품인가? 욕실 슬리퍼, 욕실 샌들과는 형태가 좀 다르고 욕실용 장화라고 하기에는 발목이 너무 짧다. 그렇다면 역시 욕실화일까? 나는 일단 욕실화라고 검색했다. 그러자, 나온다! 나온다!!

검색 결과, 아무래도 일반적으로 그것은 베스 부츠, 욕실 부츠라고 부르는 듯했다. 독자 여러분은 다들 알고 있었는지? 여하튼 화면에 수두룩하게 쏟아진 베스 부츠를 하나하나 살펴보던 그때, 환희의 순간이 찾아왔다.

"와, 역시 있었네!"

드디어 찾았다. 280mm의 대형 사이즈! 역시 나의 추론대로 남성용을 개발한 것 같다. 아니 이전부터 이미 있었을지도 모른다.

하지만 지금 그런 것 따위는 하나도 중요하지 않다. 나는 몹시 흥분한 채 망설임 없이 클릭하고 그것을 곧장 구입했다. 온라인 쇼핑으로 이토록 가슴이 설렌 적이 있었던가. 가격은 배송비를 포함해 1,000엔 정도였다.

이틀 뒤 드디어 꿈에 그리던 베스 부츠가 도착했다. 색상은 (역시) 하늘색, 바닥은 미끄럼방지 가공이 되어 있다. 바로 신어본다. 앗, 아프지 않다. 눈물이 앞을 가린다. 무슨 일이야, 아프지 않잖아!

당연한 일이지만 발 사이즈가 270mm인 내가 양말

을 신고 신어도 충분히 여유가 있었다. 이건 정말 감동이다. 지금까지 줄곧 내 안에 문신처럼 박혀 있던 어리석은 상식, '욕실에서 신는 그것＝여성용 사이즈' 그러므로 '욕실 청소＝고통과의 사투'라는 연립방정식이 순식간에 사라져 버린다. 진정 날아갈 듯한 기분이다. 나는 그렇게 새로운 마음으로 욕실로 들어가 청소했다. 발이 아프지 않은 욕실 청소라는 신선한 행복을 만끽하면서.

그런데 어째서 베스 부츠는 하늘색만 있을까? 내가 회사 사장이라면 다른 세련된 색으로 했을 텐데, 흠.

。   낯선 동네의
           목욕탕

          며칠 전 두 건의 회의가 잡혀 시내를 나
갔다. 첫 번째 회의는 맛집에서 점심을 먹으며 새로
들어갈 연재에 대한 이런저런 이야기를 나누고 무사
히 잘 마쳤다. 그리고 두 번째 회의 장소로 향하고 있
는데 마침 휴대폰이 울렸다.

 "모리사와 씨, 정말 죄송합니다! 회의가 오늘이었
죠?"

  이어지는 문장은 말하지 않아도 알겠다. 일정을 깜
빡하고 지금 지방에 가고 있다는 것이다. 이를 어쩐
다, 평일 오후가 갑자기 덩그러니 비어버렸다. 하지
만 전혀 안타깝지가 않다. 왜냐고? 이때가 놀 기회니

사치스러운 고독의 맛

까! 세상에서 가장 좋아하는 '낯선 동네 산책하기'를 실행할 절호의 기회다.

나는 바로 휴대폰 너머의 상대에게 "알겠습니다. 회의는 다른 날로 다시 잡으면 되지요~" 하고 가벼운 마음으로 대답하고 곧장 휴대폰의 전원을 껐다. 자, 이제부터 자유시간이다! 나를 위해 기분 좋은 일을 시작해야지.

지금부터 나는 나 홀로 탐험가다. 마음이 가는 대로 발걸음을 내딛는다. 휴대폰으로 지도를 검색하는 따위의 멍청한 행동은 하지 않는다. 탐험을 즐기는 방법은 어쨌든 모든 직감과 우연에 자신을 맡기는 것이다. 낯선 동네에는 이제껏 한 번도 만난 적 없는 것들로 넘쳐난다. 골목길의 상점들, 특이한 사람들, 신기하게 생긴 화초들, 문득 올려다본 파란 하늘, 70년대의 옛정취가 남아 있는 건물, 다양한 물건을 파는 가게 등 흥미로운 볼거리가 한아름이다.

그중에서도 가장 특별한 행복을 느끼는 때는 오래된 공중목욕탕을 발견했을 때다. 시계를 거꾸로 감은 듯 옛날 모습 그대로를 간직하고 있다면 그야말로 베스트. 일단 카운터로 가서 입장료를 내고 목욕을 한다. 내게 있어 공중목욕탕이란 언제 와도 즐길 수 있는 최고의 장소다. 여름이면 상쾌하게 땀을 식힐 수 있고, 겨울이면 얼어붙은 몸이 따뜻해진다. 봄과 가을이라면 뜨끈한 목욕 후 달아오른 피부에 부드러운 바람을 맞으며 산책하는 기분을 만끽할 수 있다. 진정 사계절 내내 쾌락을 주는 장소가 아닌가.

더군다나 평일 오후에는 텅 비어 있어서 혼자 전세 낸 것처럼 호사를 누릴 수도 있다. 널따란 탕 한가운데에 대자로 누워 "후우~" 하며 목청을 높일 수 있다. 이게 행복이 아니면 무엇이겠는가? 지금 이 순간 호되게 일하는 사람들을 일부러 떠올린다. 그리고 마음속으로 외친다. 일개미 여러분, 열심히들 하세요! 와하하하!! 이렇게 한껏 신바람을 내면 입가에 미소가 떠나질 않는다. 그렇게 뜨거운 물속에서 우월감에 젖는다. 마치 몸도 마음도 뭉근한 행복으로 찰랑찰랑 젖어들다 넘칠 것 같은 한때다.

공중목욕탕 말고도 또 다른 행복한 만남은 얼마든지 있다. 대대로 가업을 이어가고 있는 두부가게가 있다면 그곳에서 손수 우려낸 두유를 사서 마셔보는 것도 좋고, 정육점에서 다진 고기로 만든 커틀릿을 판다면 하나 사들고 주인장과 담소를 나누며 잠깐 서서 맥주를 들이키는 것도 최고다. 또 체형교정센터가 눈에 띄면 들어가서 뭉친 근육을 풀어주는 것도 추천한다. 마침 희귀한 가짜 명품 같은 물건을 진열해둔 상점을 발견하면 음흉한 웃음이 나온다. 그 상점에서 가장 하찮고 촌스러운 것을 찾아내 구입한 다음 얄미운 친구에게 슬며시 건네주는 상상을 하면 혼자 신이 난다.

우연하게 생긴 빈 시간을 우연한 만남을 찾는 일에 선뜻 내어준 날. 이렇게 되고 보니 회의를 갑자기 미룬 사람에게 화가 나는 대신 이런 호사를 누릴 수 있도록 자유시간을 만들어주어 고맙다는 생각이 든다.

인생에서 설렘이란 대개 우연 속에 숨어 있는 것 같다. 그러니 낯선 동네에 마구 몰려나가서 기분이 이끄는 대로 탐험을 시작해보자. 휴대폰은 필요 없다. 준비물은 주머니에 아무렇게나 집어넣은 지폐 몇 장과 가슴 벅찬 호기심이면 충분하다.

°   잠재적
              왼손잡이

              지인을 따라 노래방에 가서 처음 인사를
나눈 A라는 여성분이 있다. A씨는 애창곡을 부르고
난 나에게 흥미로운 한마디를 건넸다.

  "모리사와 씨는 잠재적 왼손잡이시네요."

  응? 무슨 말이지? 자세히 들어보니 A씨는 오른손잡
이·왼손잡이를 연구하고 있는 사람인데, 내가 '진짜
왼손잡이'인지를 판단하기 위해 나를 유심히 관찰했
다는 것이다. 그녀가 말하길, 유전적으로는 왼손잡이
인데 자라는 과정에서 오른손잡이로 변화된 사람이
있다고 했다.

  "모리사와 씨는 노래방에서 마이크를 왼손으로 잡

았고 맥주잔도 왼손으로 잡으셨어요. 또 말하면서 왼손을 자주 움직이시더군요."

그렇구나! 이야기를 들으니 분명 그런 것 같다. 사실 나는 양손으로 켄다마를 할 수 있다. 캐치볼도 의외로 왼손으로 잘하는 편이고 왼손으로도 젓가락질을 한다. 때문에 결국 본래는 왼손잡이라는 설명이 묘하게 납득되었다.

또 어쩐지 왼손잡이라는 말이 조금 기뻤다. 근거는 없지만(즉 미신이다) 왼손잡이들이 재주가 많다든지 천재일 가능성이 높다든지 하는 말을 자주 들어서다. 지금까지는 오른손잡이라고만 알고 있었으니 '뭐야~ 나는 태생부터 평범하네'라고 따분하게 여겼는데, 왼손잡이로 태어났다는 말을 들으니 에너지가 솟아나는 기분이다. 명확한 근거는 일부러 찾지 않기로 한다. 혹여 알게 되더라도 모른 척 넘길 것이다.

인간에게 왼손잡이가 있다는 사실은 누구나 알고 있지만, 눈에도 일종의 '잡이'가 있다는 사실을 아는 사람은 많지 않다. 쉽게 설명하자면 카메라 뷰파인더를 들여다볼 때 어느 쪽 눈을 쓰는지를 생각해보면 된다. 나는 이것도 왼쪽 눈으로 들여다본다. 오른쪽 눈으로도 가능하지만 왼쪽이 위화감이 없어서 역시 카메라도 왼쪽인 셈이다.

A씨와 만난 이후로 일상의 여러 상황에서 오른쪽이냐 왼쪽이냐를 신경 쓰게 되었다. 축구를 할 때 공을 차기 쉬운 쪽은 오른발(인사이드 킥으로 제한을 하면 왼발도 맞지만)이고, 멀리뛰기를 할 때 딛는 발은 왼발이다. 오른발로는 조금도 발을 떼고 뛸 수가 없다. 윙크를 할 때 눈꺼풀이 잘 감기는 쪽은 왼쪽, 가끔 하는 웨이트 트레이닝에서 조금 더 무거운 덤벨을 번쩍 들 수 있는 것은 왼팔이다. 사람을 가리킬 때는 오른손, 화장실에서 볼일을 볼 때 사용하는 손도 오른손이다.

이렇게 정리해보니 일상생활의 습관까지 좌우 어느 쪽인지 궁금해진다. 양말은 아무래도 왼쪽이 먼저이고, 팔짱을 낄 때는 왼손이 위로 올라가지 않으면 꺼림칙하다. 다리를 꼬고 앉을 때는 오른발이 위로 가야 안정감을 느낀다. 잠들기 좋은 방향은 오른팔이 위로 가는 쪽이다. 여러분은 어떤지?

최근에 두 가지를 또 발견했다. 독서를 할 때 책을

드는 손은 왼손, 텔레비전 리모컨을 만지는 손도 왼손이다. 역시 잠재적 왼손잡이임이 틀림없어 보인다.

그래, 역시 난 재주 많은 천재 타입일지도? 나 홀로 회심의 미소를 지어본다.

°

마지막에
웃는 사람은 누구

얼마 전 지하철을 탔는데 맞은편에 여성 두 명이 앉아 있었다.

한 사람은 친구와 잡담을 나누며 기분이 좋은지 싱글벙글 웃고 있었는데 다른 한 사람은 기분 나쁜 일이라도 있는지 미간을 잔뜩 찌푸린 채 스마트폰을 두드리고 있었다.

웃고 있는 사람과 기분 나쁜 사람을 동시에 바라보고 있자니 무심코 한숨이 나올 것 같았다. 표정 하나로 이렇게 극명하게 얼굴빛이 달라질 수 있다니. 표정이 얼마나 중요한지 새삼 깨닫는 순간이었다. 웃는 모습만으로 상대에게 주는 인상이 이토록 달라진다면 웃는 쪽이 무조건 이득이다.

웃는 것만으로도 면역력이 높아지고 건강해진다는 과학적인 데이터가 있다고 한다. 심지어 마음에서 우러난 진심어린 웃음이 아니어도 효과가 있다고 한다. 결국 가짜라도 좋으니 웃다 보면 면역력이 높아진다는 것이다. 자, 그러니 다들 지금 이 순간부터 기분과는 상관없이 일단 미소를 지어보자.

그런데 굳이 미남미녀가 아니더라도 항상 방실방실 웃는 얼굴을 한 사람들은 존재 자체가 매력적으로 느껴지지 않나? 그래서 쉽게 반하게 되고, 이런 사람과 함께하고 싶다는 생각도 하고. 한 번쯤 그런 적이 있을 것이다.

항상 기분 좋게 웃고 있는 사람 주변에는 자연스럽게 웃을 일이 생겨난다. 즐거운 일, 좋은 사람들이 모여드는 것도 당연하다. 그런 사람들이 많아지면 점점 분위기가 좋아지고 서로서로 호의를 갖게 되는 것이다. 어쩌다 그중 한 명에게 슬픈 일이 생기더라도 주변 사람들이 도와주니 금세 웃는 얼굴로 돌아올 수 있다. 사람들이 곁에서 웃는 모습을 보이면 무의식적으로 편안함을 느끼기 때문이다. 고마움을 느끼고 믿을 수 있는 관계가 많아지면 한층 더 웃게 되는 시간이 늘어난다. 그러다 보면 행복한 일도 더 많아지겠지. 행복의 절대량을 늘리는 방법, 그것은 더 많이 더 자주 웃는 것이다.

그러고 보니 역시 웃음은 인간이 순수한 마음으로 공동체에 공헌하는 일임에 틀림없다. 게다가 돈도 들지 않으니 적극 권하고 싶다. 한편, 찌푸린 얼굴은 그 반대다. 마주치기만 하면 찌푸리고 있는 사람 주변에는 불평불만이 가득한 사람들만 몰려들게 되어 있고…… 그다음은 굳이 말하고 싶지 않다. 여러분의 상상에 맡기겠다.

내가 가장 존경스럽게 여기는 사람들은 실패하거나 궁지에 몰렸을 때에도 웃을 수 있는 사람들이다. 그런 사람들은 자신의 웃는 얼굴에 의지해 결과적으로 정말 다시 괜찮아지는 경우가 많다. 내 주변에도 사업으로 12억 엔이나 적자를 내고 있는데도 항상 웃고 있는 지인이 있다.

"이런 상황에서 웃음이 나와?" 신기한 마음에 묻자

그는 이렇게 말했다.

"슬퍼하고 있는 것보다 즐기는 편이 낫잖아. 지금은 적자라도 아직도 재미있는 아이디어가 많아. 꾸준히 노력하다 보면 사업도 곧 좋은 방향으로 흘러가겠지."

이런 마음을 가진 '미소 천재'의 주위에는 즐거운 일과 행복한 사람들이 점점 모이기 마련이다. 결국 그는 몇 년 뒤에 수백억이나 되는 흑자를 기록하게 되었다. 성공을 거둔 또 다른 지인들 중에서도 찌푸린 얼굴을 한 사람은 한 명도 없다. 기본적으로 다들 늘 기분 좋은 미소를 띄고 있는 사람들이다.

오해하지 않았으면 좋겠다. 그들이 웃는 이유는 성공해서 행복해졌기 때문이 아니다. 행복한 사람들이 웃으며 일했기에 성공을 거둔 것이고 지금의 행복을 누리는 것이다. 행복의 씨앗은 지금 이 순간을 기분 좋게 보내고, 미소를 짓는 것에서 싹이 튼다. 행복의 씨앗을 크게 키울 에너지 또한 웃는 얼굴에서 비롯된다. 유유상종이라는 말이 있듯이 긍정적인 에너지로 가득한 사람에게는 비슷한 사람들이 모여드는 법이다.

　이쯤에서 질문을 던져본다. 한 번뿐인 인생에서 마지막에 웃는 자는 누구일까?

고독은
사치일까

선배 작가 중 S 씨라는 대단한 사람이 있다. 요즘 같은 시대에 휴대폰 없이 사는 인물이기 때문(물론 태블릿도).

S 씨는 국내외를 여행하면서 여행기를 엮어내는 전문 작가다. 그는 '기행 에세이스트'라는 괜히 있어 보이는 호칭 대신 '작가作家'라는 말을 더 선호하는데, 얼마 전 완성한 자신의 통나무 집 때문이다. 집家을 짓는다作는 의미의 작가인 셈이다. 그렇게 공들여 집을 지어놨지만, 일 때문에 항상 여행을 다니다 보니 정작 집에 머무는 날은 얼마 되지 않는다. 정말이지 유쾌한 삶이다. 게다가 휴대폰을 가지고 있지 않으니

좀처럼 연락을 취할 길도 없다.

그러던 어느 날 나는 운 좋게 S 씨에게 집 전화를 걸어 붙잡는 데 성공! 오랜만에 함께 술을 마셨다. 그리고 그동안 참았던 질문을 쏟아냈다.

"왜 그렇게 고집을 부리면서 휴대폰을 안 가지고 다녀요? 요즘 세상에 불편하지 않아요?"

그러자 S 씨는 "아니 전혀"라면서 웃어넘겼다.

"한 번도 가져본 적이 없으니까 전혀 불편하다는 느낌이 안 들어. 어느 정도 불편할지가 애초에 가늠이 되지 않으니까. 오히려 여행을 다니다 보면 귀찮은 것들에서 해방되니 그저 자유롭고 편안한 마음뿐이야. 아, 물론 연락이 잘 안 되니까 불편해하는 편집자들에게는 늘 미안하다고 생각해."

그 말을 듣고 나도 모르게 웃음이 터져 나왔다. 편리한 휴대폰을 가지고 있는 편집자들이 정작 불편함을 느껴야 한다니. S 씨도 참 대단해.

S 씨와 그렇게 휴대폰이 있어야 하는지 그렇지 않은지에 대한 이야기를 한참 나눴다. 도중에 둘이서 몰입하게 된 화두는 '현대인이 고독을 느끼는 것은

어떤 의미로는 사치다'라는 것이었다.

나는 산중 오지에서 혼자 야숙을 할 때 고독이 무엇인지 느낄 수 있었다. 낮에 큰 물고기를 낚아도 함께 기뻐해줄 사람이 없다는 것, 깜깜한 밤에 등 뒤의 숲에서 나는 으스스한 소리에 함께 살펴줄 사람이 없다는 것, 날씨가 안 좋을 때 좁은 텐트에서 홀로 따분한 시간을 보내야 한다는 것. 그럴 때면 무작정 사람이 그리워지곤 했다.

그런 고독을 느낄 때 비로소 곁에 있어준 사람들을 돌아보게 됐다. 그리고 얼마나 많은 도움을 받았는지를 깨닫고 새삼 고마움을 느꼈다. 이는 곧 병에 걸리거나 다쳐서야 건강의 소중함을 깨닫는 것과 같은 맥락이다.

그런데 휴대폰을 가지고 있으면 속세를 떠나 산중 오지에서 야숙을 한다한들 어느새 휴대폰을 켜고 '모닥불 타임'이라는 제목으로 SNS에 글을 올리게 된다. 또 친구, 애인, 가족 등에게 메일이나 전화를 하게 될지도 모른다. 그렇게 고독이라는 감정은 결국 어디론가 사라져버리겠지.

휴대폰이 없으면 안 되는 세상이 된 지금은 고독을 느낄 기회조차 확연하게 줄었다. 현실적으로만 보면 고독이 사치가 되어버린 거다. 한편으로는 반대가 되었다는 의견도 있다. 휴대폰을 사용해서 언제 누구와도 쉽게 관계를 맺을 수 있지만 어쩐지 마음은 계속 허전한, 고독이 일상화된 시대라는 것이다.

도시의 인파와 어지러운 온라인 세상 속을 떠돌지만 '아, 나는 누구와도 연결되지 못해. 고독해'라고 느끼게 되는 것. 이것이 진정한 고독일지도 모른다. 최근에 SNS를 기피하는 사람들이 늘었다는데 그 이유도 조금 이해가 된다.

그날 밤 S 씨와 나는 휴대폰과 고독에 관한 이야기를 안주 삼아 새벽까지 마셨는데, 가게를 나오면서 S 씨가 던진 한마디로 아름다운 대단원을 맞이하기에 이르렀다.

"그래, 이거지. 휴대폰이 있건 없건 지금 우리는 즐겁게 마시고 취했잖아. 이거면 충분하지 않아?"

그렇다. 정말 이걸로 충분히 행복하다. 그 기분이 절절하게 와닿아서 선배에게 "그리네요"라고 대답했다. 문득 올려다본 밤하늘에는 보름달 하나가 덩그러니 떠 있었다.

"선배님, 이대론 아쉬운데 2차 어때요?"

"그래, 좋지!"

건널목을 나란히 걷는 글쟁이 선배와 후배. 갈지자로 걷는 우리 둘의 머리 위로 찹쌀떡 같은 흰 달 하나가 미소를 지으며 쫓아왔다.

°   마치
          시인이 된 것처럼

          "소설가가 되고 싶은데 어떻게 해야 할
까요?"

  의외로 종종 이런 질문을 받는다. 개인적으로 상담
을 하는 경우도 있고, 강연회 등에서 묻는 독자들도
있다.

  내가 어떻게 소설가가 되었는지부터 얘기해야 할
것 같다. 나는 대학 졸업 후 출판사에 입사해 잡지 편
집자가 되었다가 큰 뜻을 품고 회사를 그만두었다.
그리고 프리랜서가 되어 생계를 위해 편집 일과 글
쓰는 일, 두 개의 일을 병행하면서 점차 작가로 전향
하게 되었다. 그렇게 나름 최선의 노력을 했더니 여

기저기서 잡지 연재 의뢰를 받게 되었고, 결국 에세이를 출간하면서 논픽션 작품으로 수상까지 하게 되었다. 그 상이 나름 프리랜서에겐 신뢰의 증표와 같은 효력이 있었는지 이후로는 출간 의뢰가 끊이지 않았다. 그렇게 소설을 쓸 기회도 생기고 출간된 작품들이 좋은 반응을 얻어 소설가 타이틀까지 얻게 되었다.

솔직히 데뷔작이 인기가 없었다면 지금도 프리랜서 작가로 계속 글을 쓰고 있을지도 모른다. 당연한 말이지만, 출판사도 이익을 창출해야 하는 기업이기 때문에 잘 팔리지 않는 책이나 저자의 기획은 애초에 설득이 되지 않는다.

어쨌든 나는 조금 먼 길을 돌아 소설가가 되었다. 그래서인지 적어도 내게 소설가가 되고 싶다고 상담을 하는 분들에게는 나처럼 돌아가서는 안 된다고 얘기하고 싶다. 데뷔 소설로 상을 받고 화려한 등단을 하든지 편집자에게 우선 눈에 띄어 인정받고 출간을 하겠다는 목표를 세웠으면 좋겠다. 그렇게 되려면 다음 세 가지의 습관을 갖는 게 좋다.

첫째, 많이 읽을 것.

둘째, 많이 쓸 것.

셋째, 마치 시인이 된 것처럼 일상을 주의 깊게 그리고 온전히 느낄 것.

예를 들어 축구 경기를 본 적도 없는 초심자에게 갑자기 축구공을 주면서 "내일 프로리그 입단 테스트니까 합격하도록!" 하고 당부한들 불가능하지 않은가? 프로의 세계에서 살아남기 위해서는 수준 높은 세계의 여러 경기를 연구하고, 누구보다 오랜 기간 실제로 훈련을 쌓아야 한다. 소설을 쓰는 일도 마찬가지. 그러므로 많이 읽고 쓰는 것을 통해서 수준을 끌어올려야 하는 것이다.

세 번째 조언에도 이유가 있다. 일상의 소소한 일들에 대해 사소한 감동을 느끼지 못하는 사람은 캐릭터의 섬세한 감정선을 표현하기가 쉽지 않을 것이다. 마치 시인의 눈과 마음으로 평범한 일상의 일들을 주의 깊고 신중하게 느낄 수 있어야 독자와 공감할 수 있고, 감동을 주는 능력도 갖추게 된다. 게다가 그런 사람은 설령 소설가가 되지 못했다고 해도 스스로의 삶을 제대로 즐기면서 행복한 매일 매일을 보내지 않을까 싶다.

그러니 오늘도 시인이 된 것처럼 삶의 구석구석을 들여다보고 온전히 느껴보기를.

°　　　　　이루어지지 않아도

　　　　　좋은 꿈

　　　　　나는 기타를 좀 친다. 깨나 대단한 것처럼 말하지만, 사람들에게 들려줄 정도의 실력은 아니고 그저 혼자서 즐기는 수준이다. 중학생 때 자칭 세미프로라는 아버지에게 기타를 잡는 법 정도만 배우고 그 후론 나만의 방식으로 연습해서 익혔다.

　연주는 엉망이지만, 기타를 친다는 자체만으로도 위안이 되는 것 같다. 타고날 때부터 악기를 좋아해서 그런지 지금도 여러 대의 기타가 작업실 한구석을 차지하고 있다. 그렇게 좋아하는 기타지만 요즘은 일에 치여서 만질 틈도 없는 게 현실이다. 어느새 희뿌연 먼지기 보일 듯 밀 듯 쌓여가고 있는 모습에 어쩐지 마음이 아프다. 그래도 딱히 다른 장소로 옮길 마음은 없다. 마감에 허덕이며 씩씩거릴 때 그 자리에 있는 기타들을 바라보는 것만으로 편안해지기 때문이다.

그렇다. 꼭 지금 당장 쳐야만 하는 것은 아니지 않나. 언젠가는 눈이 돌아갈 정도로 멋진 연주를 보여줄 테니! 흐뭇한 미래를 상상할 수 있으니 그것만으로 만족한다. 아무런 노력 없이도 이토록 행복한 기분을 느낄 수 있다. 구체적으로 이런 상상까지 해본다. 인생에 있어서 커다란 과제를 해내고 여유로운 시간이 생긴다면 그때야말로 제대로 기타 레슨을 받고 매일 열심히 연습한다. 그리고 실력을 쌓아 사람들 앞에서 멋진 연주를 해보인다.

언젠가는 해낸다 하면서 줄 한 번 튕기지 않는 꿈, 즉 실천하지 않는 꿈을 매번 상상한다. 그런 꿈은 대개 이루어지지 않는 꿈이지만 뭐, 그런 꿈이 있어도 괜찮지 않을까. 요새 부쩍 그런 생각이 든다.

이루지 못해도 좋은 꿈을 많이 가질 수 있는 것은 실은 마음이 풍요롭기에 가능한 것이 아닐까 싶다. 이룬 상황을 상상할 수 있는 여유와 낭만, 그리고 설렘까지 있다면 꿈을 가지고 있는 것만으로도 작게나마 행복해질 것이다. 상상은 공짜이니 더 좋고.

굳은 의지를 갖고 제대로 노력해서 이뤄내는 '진중한 꿈'과 내가 기타에 대해 가지고 있는 꿈처럼 언젠가 그렇게 되면 좋겠다고 상상해보는 정도의 '느슨한 꿈' 모두를 가지고 있으면 인생은 훨씬 즐거워질 것이라 믿는다.

나에게는 기타 말고도 '느슨한 꿈'이 또 있다. 소담한 캠핑카를 사서 마음 가는 대로 여유롭게 전국을 돌아다니며 경치 좋은 여행지에서 편안한 마음으로 글을 쓰는 생활을 하는 것이다. 1년의 절반은 집에서 나머지는 여행지에서 보내는 것. 그 정도의 비율이 적당하고 좋겠지?

사실 이 꿈은 마음먹고 실천하면 당장이라도 이룰 수 있을 것이다. 하지만 잠시 그대로 내버려두고 싶다. 언젠가 정말로 해내야지! 상상을 하면서 '배시시 웃기 위한 꿈'으로 두고 조금 더 만끽하고 싶으니까.

맛있는 음식을 아꼈다가 맨 마지막에 먹는, 그런 느낌으로다가.

。   찐 애독자를
          조심해야 해

          지금까지 출간한 소설의 비밀을 조금 꺼
내보려 한다. 내가 쓴 소설의 대부분은 플롯을 겹겹
이 쌓은 다층구조로 되어 있다. 가볍게 술술 읽기 원
하는 사람에게는 작품 전면에 드러난 스토리를 즐길
수 있도록 구성한 한편, 깊이 있게 분석하면서 읽기
원하는 문학애호가 독자들도 만족할 수 있도록 다양
한 '장치'를 곳곳에 심어두었다. 모쪼록 독자들이 쏙
쏙 잘 찾아내어 누구도 알지 못하는 새로운 전개를
발굴해내기를 바라고 있다.
  다층구조를 구축한 소설을 쓰면서 특별히 장치를
심어둘 때 자주 사용하는 기술은 복선이나 링크라고

하는 것들이다. 하나만 공개해볼까. 가령 줄거리의 전반과 후반에 등장하는 각각의 서브 캐릭터의 대화에는 소소한 연결고리를 숨겨둔다. 그것을 발견한 독자들에게는 또 다른 이야기가 펼쳐지게끔 해두는 식이다.

그 밖에도 다양한 패턴의 장치가 있지만, 영업 비밀이니 아껴둔다. 이처럼 작품에 숨겨진 장치를 발견하거나 그렇지 못하거나에 따라 매력을 느끼는 깊이가 달라진다.

그런데 복선이나 링크를 다양하게 사용해 교묘하게 심어둔 장치라면 대부분의 독자는 알아차리지 못한다. 고백컨대 담당 편집자조차 발견하지 못한 채 넘어가곤 한다. 담당자라고 해서 굳이 알려주거나 하지는 않으니까.

따라서 일반 독자들이 발견하지 못한 채 책을 다 읽었다고 해도 전혀 상관이 없다. 저자로서 일말의 불만도 없음을 솔직하게 밝히는 바다. '숨은 그림'을 그려 넣고 혼자서 흐뭇하게 즐기는 것으로도 충분하니까.

이따금 표면적인 줄거리의 바로 아래층에 심어둔 장치를 발견하는 독자가 있다. 아마 그것을 알아낸 순간 무릎을 치지 않았을까. 간혹 흥분을 감추지 못한 채 장문의 감상문을 보내주는 독자도 있는데 진심으로 박수를 보낸다.

나아가 더욱더 깊이 파고들어 세 단계, 네 단계의 장치까지 발견하는 사람도 있는데 이 정도 경지라면 '프로 독자'라고 인정한다. 그런 사람은 내 소설을 읽으면서 분명 줄거리를 입체적으로 느끼며 오래 기억에 남을 독서 체험을 충분히 즐겼을 것이다. 그리고 그랬기를 바란다. 글을 쓰는 사람 입장에서는 그렇다.

정말 극히 드문 일이지만, 그런 프로 독자마저 뛰어넘는 '찐 애독자'도 있다. '적어도 100년 안에는 풀리지 않을 숨은 이야기일 것이다!'라고 씩씩거리며 줄거리 깊숙이 장치를 설치해두었는데, 발행한 지 겨우 1년 남짓된 소설의 내용을 파헤쳐버리는 '찐 팬'들이다.

지금까지 그런 팬들이 두 명이나 있었다. 그들은 대체 어떤 뇌 구조를 갖고 있는 걸까? 오히려 걱정이 될

지경이다. 편집적이라고 해야 할지 오타쿠라고 해야 할지.

"내 소설 파헤치기에 인생을 바치듯 그러지 말고, 자신의 인생을 제대로 살아가시게!" 쓸데없고 애정 넘치는 충고를 한마디 전하고 싶다. 내 작품을 죽을 만큼 사랑해주는 사람들, 저자로서도 사랑해 마지않는 찐 애독자이니 진심으로 행복하기를 바란다. 하지만 다음 작품부터는 찐 애독자도 알아차릴 수 없는 깊이에 장치를 꽁꽁 심어둘 생각이다. 나도 질 수만은 없지.

그렇게 쓰는 쪽과 읽는 쪽의 겨루기는 평화롭고 여유롭게 아무런 의미 없이 깊이를 더해가고, 나는 나대로 점점 장치를 구상하느라 지쳐간다…….

확 깨는
글씨체

사람은 장점으로 존경받고 단점으로 사랑받는다. 내 지론이다. 소설에서도 밝힌 적이 있고 강연회에서도 말한 적이 있다. 어느 날 팬이라는 분께 "그럼 모리사와 작가님은 소설을 쓰는 것 이외에 무슨 장점이 있나요?"라는 질문을 받았다. 그때 문득 떠올라 했던 답변이 "상완삼두근과 대흉근!"이었다.

  그렇다. 어이없게도 나의 장점은 근육이다. 취미가 웨이트 트레이닝이라서 근육이 나의 장점이라고 말하면 사람들은 "근육이 무슨 의미가 있어?", "네 일에 도움이 되는 것도 아니고", "근육이 너무 붙으면 슬림한 옷은 못입잖아", "고릴라 같애"라면서 웃음거

리가 되어버려 오히려 단점으로 말해야 하나 고민이
되기 시작했지만.

또 하나 떠오른 장점은 단점을 별로 신경 쓰지 않는
성격이다. 스스로 졸작으로 여기는《푸른 하늘 맥주》,
《붉은 노을 맥주》는 야숙과 방랑 생활을 했던 시기의
온갖 부끄러운 이야기를 '숨김없이 다 밝혀버리자!'
라고 작정하고 쏟아냈던 작품이다. 1년 동안 100번
넘게 야외에서 용변을 봤다고 밝히는 그런 민망한 이
야기를 쓴 소설가는 아마 내가 유일하지 않을까. 요
컨대 나의 부끄러운 단점을 재밌어한다면 그걸로 족
하다라는 어리숙함, 그것이 분명 나의 장점이 될 수
있을 것 같다.

다른 단점은 그다지 신경 쓰지 않지만 가능하다면
고치고 싶은 단점이 있다. 그것은 바로 악필이다.

내 글씨는 보통의 악필과는 비교할 수 없는 경지로,
초등학교 저학년 중에서도 못 쓰는 축과 비슷한 수준
이다. 반세기 가깝게 사는 동안 나보다 악필인 성인
은 유일하게 딱 한 사람 만났다. 심지어는 그 사람에
게조차 "모리사와 씨는 글씨를 참 못 쓰시네요"라며

비웃음거리가 되었지……. 정말 웃지 못할 슬픈 사건이었다.

상황이 이렇다 보니 독자로부터 자필 사인을 부탁받으면 부탁한 사람의 이름을 내 글씨로 쓰는 것이 미안할 정도다. 그뿐인가. 강연회에서 설명을 하면서 보드에 글씨를 쓰기라도 하면 여태 좋은 말로 감동을 줬던 분위기가 한 순간에 무너져버린다. 순식간에 무시를 당하게 되는 것이다. 그때부터 강연은 설득력을 잃고 사람들은 산만해지는 듯하다.

어느 날은 젊은 여성 독자가 사인을 부탁해서 내 사인 옆에 그분의 이름을 쓰려고 하자 "아, 그 글씨는 확 깨는데요?"라며 소스라쳤다. 바로 눈앞에서 "확 깬다"라는 말을 들어본 사람이 과연 몇이나 있을까?

뭐든 괜찮다고 여기는 나로서는 악필이라도 자랑스러운 단점이라며 사랑받아 마땅하다고 말하겠지만, 이것만큼은 바꿀 수만 있다면 고치고 싶다. 또박또박 단정하고 눈에 잘 들어오는 글씨를 쓰고 싶다. 왜냐고? 글씨를 못 쓰면 상대에 대한 예의가 부족한 것처럼 보이기 때문이다.

경조사 봉투에 이름을 적을 때 내가 쓴 못난 글씨는 마치 상대를 무시하는 것처럼 보여서 큰 실례를 범하는 것처럼 느껴진다. 윗분께 감사의 서신을 보낼 때는 메일보다는 직접 수기로 편지를 쓰는데 이때도 물론 내 글씨로는 큰 실례가 된다. 그래서 언젠가부터 워드로 쓰고 마지막에 '악필이어서 워드로 쓰게 된 점 양해를 부탁드립니다'라고 이유를 설명하기도 한다. 그 밖에도 업무 현장에서 내가 쓴 메모를 누군가에게 보여줘야 할 때도 "모리사와 씨, 정말 죄송하지만 이거 뭐라고 쓰신 건가요?"라는 말을 자주 듣는다. 상대에게 불필요한 신경을 쓰게 하는 데다 아까운 시간을 허비하게 하는 것이다. 최악이다.

이처럼 나는 상당히 오래전부터 나의 글씨에 대해 심각한 콤플렉스를 가지고 있다. 그런데 최근에 인터넷에서 솔깃한 기사를 발견했다. 기사의 내용은 이렇다. "악필은 머리가 좋다는 증거다. 사고의 속도가 너무 빠른 나머지 손이 미처 쫓아가지 못해서 글씨가 엉망이 되는 것이다."

이 얼마나 멋진 주장인가! 구세주와 같은 필자에게

진심으로 감사의 뜻을 전하고 싶었으나 어쩐지 기사의 신빙성이 의심됐다. 그래서 일부러 사고의 속도보다 훨씬 느리게 아주 천천히 종이에 이름을 써봤다.

그 결과, 글씨를 보고 나도 모르게 말했다. 역시, 확 깨네.

°   오늘만큼은
            믿어줄게

            다른 건 몰라도 구두는 반드시 구두 가
게에 가서 직접 신어보고 산다. 그런데 얼마 전 온라
인 쇼핑 광고에서 본 구두에 한눈에 반하고 말았다.
마침 내가 좋아하는 브랜드인 데다 디자인도 멋지고
기능성도 갖추고 있다. 심지어 60% 할인이라니! 친
숙한 브랜드여서 사이즈도 잘 알고 있으니 굳이 신어
보지 않아도 괜찮을 것이라고 스스로를 다독이면서
온라인 구매를 결심했는데, 재고가 없단다.

  쳇! 한발 늦었다. 그렇게 지나가나 싶었는데 다음
날부터 내가 보는 웹사이트 화면 귀퉁이에 계속 그
구두 광고가 뜨기 시작했다. 특정 페이지를 열람하면

알고리즘으로 유사한 상품을 알아서 소개해주니 참 편리하기는 무슨, 무섭다 무서워.

그래서일까. 광고를 볼 때마다 눈에 밟혀서 몇 번이고 구매를 시도했으나 매번 재고가 없었다. 그로부터 거의 6개월 후 칠전팔기의 정신으로 열 번의 시도 끝에 드디어 구두를 손에 넣었다. 그때 그 성공의 기쁨, 성취감은 뭐랄까. 노트북 앞에서 벌떡 일어나 승리의 포즈를 취할 정도로 뿌듯했다.

며칠이 지나 주문한 구두가 도착했다. 두근두근 설레는 마음으로 택배 상자를 열자마자 발을 끼워 넣었다. 이보다 더 완벽하게 맞을 수 있을까 싶게 착 감겼다. 신이 나서 그대로 신고 밖으로 나갔다.

하늘은 오늘따라 유난히 투명하게 빛나고 부드러운 바람이 길가의 나무와 풀잎을 살랑살랑 흔든다. 그리고 내 발은 편안한 새 구두의 감촉을 마음껏 느낀다. 익숙한 동네의 풍경이 평소보다 한결 밝게 웃어 보인다.

휴대폰 카메라로 사진을 담으면서 성큼성큼 기운찬 걸음으로 여기저기 활보했다. 초등학교 때 통학로,

파란 하늘, 길가의 고양이, 이름 모를 버섯송이, 키 작은 연노란 꽃까지 이것저것 사진으로 남겼다. 걷다가 사진을 찍다가 하면서 '이런 걸 행복이라고 하는 거겠지' 새삼 느끼면서 크게 숨을 내쉬었다.

마음에 드는 구두를 만나 걷기의 기쁨을 새롭게 느낄 수 있었다. 앞으로도 내가 좋아하는 구두와 함께 둥근 지구 위를 마음 가는 대로 신나게 걸어 다니고 싶다.

산책을 마치고 집에 돌아와 촬영한 사진을 곧바로 SNS에 업로드했다. '이 연노란 꽃은 무슨 꽃일까?'라는 글도 적었더니 바로 답변이 달렸다. '크로커스입니다. 꽃말은 '기쁜 소식'이라고 하네요. 기분 좋은 소식이 전해지기를 바랄게요.' 이 답변 자체가 기쁜 소식이다. 따뜻하고 고맙다.

그렇게 기분 좋게 크로커스를 검색해봤다. 그런데 꽃말이 기쁜 소식이 아니라 '청춘의 기쁨', '절망'이었다. 특별히 노란 크로커스는 '나를 믿어줘'란다. 답변해준 분의 정보는 완벽히 틀렸지만, 내가 찍은 연노란 크로커스의 꽃말은 '나를 믿어줘'니까 오늘은 특

별히 그냥 믿어주기로 했다. 마음에 꼭 드는 구두를
만난 날은 실수도 너그럽게 받아주는 그런 날이니까.

°

이름은

주문과도 같아서

음양사陰陽師(헤이안 시대平安時代 794~1192 에 점·풍수지리 등을 관장하는 벼슬로 현재는 점쟁이를 가리킨다)에 얽힌 고전을 읽고 이름은 일종의 '주문' 같은 것이라는 사실을 알게 되었다. 본래 나라는 인간은 단순히 살아 있는 세포의 집합체에 불과한데 '모리사와 아키오'라는 주문을 걸어 이름으로 불리면 어쩔 수 없이 "네"라고 고개를 돌려 대답하게 된다는 것이다. 무의식적으로 이름이라는 주문에 걸린다는 발상 자체가 흥미로웠다.

생각해보니《나쓰미의 반딧불이》라는 소설에서 "이름은 부모님이 물려주신 유산이다"라는 문장을 썼다. 이름이란 부모로부터 물려받은 최초의 선물로 무엇과도 바꿀 수 없는 순도 100%의 사랑이 담긴 것이다. 부모는 태어난 아이가 행복하기를 온 마음을 다해 바라면서 이름을 지을 테니까. 형태를 갖춘 물건은 언젠가 사라져 없어지지만, 형태가 없는 이름은 손상되지도 없어지지도 않는다. 부모가 세상을 뜬 후에도 남겨지는 사랑이니 이 자체로 형태가 없는 유산이 아닐까 싶다.

그러고 보니 주변에서 늘 행복해 보이는 사람들은 유독 다른 사람의 이름을 부르는 일이 많은 것 같다. 최근 들어 새삼 느끼는 것으로 행복해 보이는 사람은 그냥 "고마워요" 대신 "모리사와 씨, 고마워요"라고 말하고, 인사할 때도 "안녕하세요"가 아닌 "모리사와 씨, 안녕하세요"라고 한다. 메일이나 메시지도 마찬가지인데 "항상 도움을 주셔서 감사합니다"가 아니라 "모리사와 씨, 항상 도움을 주셔서 감사합니다"라고 적는다. 사람의 감정이란 참 묘해서 이름을 불리면 불릴수록 상대에 대한 친밀감이 샘솟는다. 이것 또한 어떤 의미로는 주문의 효과인지도 모르겠다.

앞서 소개한 히스이 고타로 작가는 이전에 '인기를 끌다'라는 주제로 책을 썼는데 그 책에 따르면 자신의 이름을 좋아하는 사람은 비교적 이성에게 인기가 있는 편이라고 한다. 특히 여성에게 그런 경향이 많다고 한다. 자신의 이름을 좋아한다고 말할 수 있는 사람은 이름을 지어준 부모님의 뜻을 신뢰하고 받아들이는 경향이 강하고 또 자신의 존재 자체를 사랑하고 있을 확률이 높다고 한다.

어쩐지 납득이 간다. 자신을 근본부터 사랑하는 사람은 남과 자신을 비교하거나 열등감에 사로잡히지 않는 행복한 사람일 것이며 밝은 얼굴로 지내는 시간이 많을 수밖에 없다. 즉 울상인 사람보다 웃는 얼굴로 지내는 사람이 인기가 많은 것은 당연한 이치다. 따라서 자신의 이름을 좋아하는 사람은 인기가 있을 확률이 높다는 결론인 셈이다. 이 흥미로운 지론에 나도 모르게 고개를 끄덕여버렸다.

히스이 씨의 연구에 따르면 외모가 아름다워도 인기가 없는 사람의 대부분은 역시 자신의 이름을 싫어하는 사람일 가능성이 높다고 한다. 이름이라는 주문은 생각보다 더 강력하다.

자신의 이름을 좋아하면서 다른 사람의 이름을 많이 불러주는 것, 그것만으로도 조금씩 행복해질 수 있다면 한번 시도해볼 만하지 않을까?

덧붙여 내 이름 아키오는 아버지가 지어주셨다. 어느 날 어떻게 이 이름을 짓게 되었는지 자세히 알고 싶어서 아버지께 물어봤다. 그랬더니 충격적인 답변이 돌아왔다.

"그게…… 미안하다. 잊어버렸어."

소설이

영화가 된다는 것

감사하게도 《반짝반짝 안경》이라는 작품의 영화화가 결정되어 얼마 전 무사히 상영을 시작했다. 영화화는 원작자에게 설레는 '축제'다.

내 소설이 영화로 만들어진다는 것은 무척이나 영광스러운 일인데, 나는 원작자로서 한 가지 다짐한 것이 있다. 영화 제작에 절대로 관여하지 않을 것. 대본을 포함해 영화 제작 일체를 프로에게 맡겨두기로 했다. 설사 그 영화가 내가 쓴 작품과 달라진다고 해도 그것도 그것대로 괜찮다고 마음먹었다.

사실 내가 쓴 작품은 어디까지나 소설일 뿐이고 영화는 영화를 제작하는 사람들의 작품이다. '누구의 작품인가'는 창작자에게 있어 중요한 문제이므로 분명하게 구분하려고 하는 것이다. 그렇게 생각하는 쪽이 마음이 편하기도 하다. 어떤 작가는 대사 한 글자까지 참견을 한다고 하지만, 나는 촬영 전에 전달된 대본조차 읽어보지 않은 적도 있다.

만일 내가 영화 제작에 참견하기 시작한다면 그때는 적어도 대본 전체를 쓰게 되지 않을까 싶다. 그렇게까지 하지 않는 이상 내 작품에 책임을 다했다고 볼 수 없을 테니 말이다.

이번 《반짝반짝 안경》은 조금 흥미로운 경우라고 해야 할까, 독특한 진행으로 제작했다. 신기하게도 내 고향인 지바현 후나바시船橋 시민들이 만든 단체인 '후나바시역참마을부흥협의회船橋宿場町再生協議会'가 중심이 되어 영화를 만든 것이다. 일반적인 경우라면 배급사와 영화사, 방송국 등이 제작위원회를 조직해 제작을 하는데 이번 영화는 달랐다. 시민이 중심이 되어 영화를 만든 건 아마도 일본 최초의 시도가 아닐까 싶다. 심지어 후나바시역참마을부흥협의회 사람들은 "기왕이면 세계 영화제에서 수상할 만한 작품을 만들자!"며 엄청난 의지를 보여주었다.

시민 단체 수준에서 가당키나 한 말이냐고 생각할 수 있지만, 이 영화 제작에 합류한 회원들은 모두 대단한 사람들이다. 우선 프로듀서는 〈그곳에서만 빛난다〉를 기획해 국내외에서 40여 개의 상을 거머쥔 거물 마에다 히로다카前田紘孝. 감독은 2016년 상영된 걸작 〈츠무구〉로 상하이 국제 영화제, 오사카 아시안 영화제에 출품해 주목받고 있는 이누도 카즈토시犬童一利다. 촬영감독은 〈하모니움〉으로 69회 칸영화제 주목할 만한 시선 부분에서 심사위원상을 수상한 네기시 켄이치根岸憲一이고, 각본은 〈츠무구〉와 인기 시리즈 드라마 〈파트너〉로 알려진 모리구치 유스케守口悠介 작가다.

주연배우는 연기파로 주목받는 신인 카나이 히로토金井浩人, 일본 아카데미 여우주연상과 수많은 수상 경력을 가진 명배우인 이케와키 치즈루池脇千鶴다. 조연배우도 빠지지 않는다. 〈키즈 리턴〉으로 일본 아카데미 신인상을 거머쥔 안도 마사노부安藤政信다.

자, 이 정도면 내 고향 후나바시의 시민 수준을 자

사치스러운 고독의 맛

랑할 만하지 않은가?

원작자로서 특별히 할 일은 없지만, 기회가 된다면 보조출연자로 슬쩍 참여해 촬영 현장의 분위기를 즐겨보고 싶다. 실은 예전에도 〈쓰가루 백년 식당〉, 〈이상한 곳 이야기〉에 일본의 국민 대배우인 요시나가 사유리吉永小百合 님과 함께 출연한 적이 있다. 이쯤 되니 몬트리올 세계 영화제에서 2관왕까지 거머쥔 세계적인 '영화인' 중 한 명이라고 말하고 싶다. 물론 티끌만한 단역이었지만.

이번 영화에는 시민 오디션을 진행했다. 예상보다 호응이 좋아서 20명 모집에 지원자가 800명이나 몰렸다고 한다. 실은 내 주변에도 몇 명이 지원했다고 하는데 합격한 사람은 단 한 명뿐이다. 그는 부끄러워하면서 조심스럽게 합격 소식을 전해줬다. 신기한 건 불합격한 사람들이 오히려 당당하게 "떨어졌는데 너무 재밌었어요", "정말 좋은 경험이 되었어요"라고 웃으면서 말해주었다는 것이다. 그러면서 "이렇게 된 거 엑스트라라도 좋으니 나가 보려고요!"라고 했다. 지나가는 단역으로 나올지라도 스크린에서 자신의 모습을 볼 수 있다는 사실이 가슴 설레는 일이구나 싶었다. 그런 사소한 꿈을 도란도란 이야기하는 사람들의 표정은 지루함 없이 빛나 보였다.

영화 제작 이야기를 나눌 때마다 감독, 연출, 촬영감독, 그 외의 관계자들은 모두 신기하게도 기분 좋은 얼굴을 하고 있다. 저마다의 크고 작은 꿈이 영화라는 종합예술에 집약되어 있기 때문이겠지. 매번 작품의 영화화가 결정될 때마다 두근거리게 되는 이유도 나 역시 그들의 꿈에 무의식적으로 동화되었기 때문인 것 같다.

이번 영화의 각본은 설정부터 원작과 달랐지만, 나름대로 깊은 이야기를 풀어낸 것 같아 영화에 대한 기대감이 더 커졌다. 빨리 시사회가 열리기를! 한동안 내 마음속 행복한 '축제'는 멈추지 않을 것 같다.

°　　　　　　　오늘의 하늘을

　　　　　　　　나누다

　　　　　　　어릴 때부터 하늘 보기를 무척 좋아했
다. 청량하게 맑은 푸른 하늘도 눈부시게 하얀 구름
도 밋밋한 회색 구름도 새까만 번개 구름도 별빛이
쏟아지는 밤하늘도 무지개가 드리운 환상적인 하늘
도 모두 어느 것 하나 빼놓을 수 없이 좋다. 각각의 표
정에 멋스러움이 느껴진다.

　집필하는 작업실은 언덕 꼭대기 집 2층에 있어서
내려다보는 풍경이 무척 멋지고 창 너머로는 남쪽 하
늘이 펼쳐진다. 글을 쓰다 피곤해지면 창가로 의자를
옮겨 한참 하늘을 바라본다. 이따금 탄성이 나올 정
도로 아름다운 일출이나 석양과 만날 때면 무작정 카

메라를 들고 사진을 찍기도 하고 우주처럼 투명하게 빛나는 파란 하늘을 마주하면 잠시 멍하게 멈춰 있기도 한다.

유성 무리가 보일 때면 흥분에 휩싸여 마감 작업도 뒷전으로 미뤄두고 한참을 밤하늘만 쳐다본다. 그리고 몇 개의 별똥별을 보고서야 만족한 채 다시 작업에 몰입한다. 가끔은 하나도 보지 못하는 슬픈 밤도 있는데 그런 날은 소설의 스토리도 슬픈 이야기로 흘러가버린다……. 사실, 이건 억지다.

가장 슬플 때는 작업에 너무 몰두한 나머지 환상적인 하늘을 놓치고 지내는 날이다. 무심코 SNS를 확인했을 때 많은 사람이 여기저기서 찍은 아름다운 하늘 사진을 보여주면 그제야 "아, 놓쳤어!"라고 이마를 치며 후회한다. 특히 무지개가 뜬 날은 업로드가 많다. 실제로 무지개를 본 사람들이 부럽기도 한데, 타임라인에 줄지어 올라온 사진을 바라만 보는 것으로도 더할 나위 없는 편안함을 느낄 때가 더 많다. 석양이든 무지개든 이 감동을 모두와 나누겠다는 순수한 마음이 사진에서 전해져 보고 있는 나까지 흐뭇한 미소가 지어진다. 같은 하늘을 같은 시간에 이름 모를 사람들끼리 바라보며 감동하는 순간. 마음이 함께 움직인다는 것만으로도 따스하고 평온해진다.

이 글도 이쯤에서 끝내고 잠시 하늘을 감상해야겠다.

°　　　　　다이아몬드

　　　　　후지산

　　　최근 몇 년간 고향 마을의 포토 콘테스트에서 심사위원을 맡고 있다. 콘테스트 주최는 '후나바시 삼반제 해변공원三番瀬海浜公園'이라는 갯벌 조개잡이로 알려진 도쿄만 구석에 있는 공원이다.

　예전에 사진잡지 편집자를 한 경력으로 사진 촬영이나 보는 법 등 전반적인 지식이 조금은 있다. 하지만 막상 카메라를 들고 교과서대로 촬영해보면 안타깝게도 '평범한 일반인 수준이네. 역시……' 하게 된다. 실력은 어설프지만 안목은 있어서 스스로의 재능에 대해서도 정확하게 판단할 수 있다. 역시 안목과 지식만으로는 프로 작가 수준의 사진은 찍기 힘들다고 새삼 느낀다. 안목, 지식, 찍는 재능은 각각 전혀 다른 영역이다. 배트를 휘두르는 법을 과학적으로 분석해 연마해도 연구자가 홈런을 칠 수 있는 것은 아니니까 말이다.

석가모니의 법문에 따르면 삼반제라는 지역은 매립지로, 개발된 도쿄만 구석에 남아 있는 넓은 갯벌이다. 그 천해는 광대한 해조류가 빼곡하게 자라나는 밀생지로 그 안에서 수많은 물고기가 산란을 하고 잡어들이 무럭무럭 자라난다. 그런 연유로 '생물의 요람'이라고 불리며 도쿄만에 서식하는 어패류의 고향과도 같은 곳이다. 물론 조개류, 갑각류도 많아서 철새들이 머무는 곳으로도 유명하다. 이 공원의 모래사장은《반짝반짝 안경》에서도 중요한 장면의 무대로 등장하기도 했는데 저녁이 되면 환상적이고 로맨틱한 장면을 볼 수 있는 명소이다.

습도가 낮은 맑은 날 저녁 무렵에 오렌지색으로 물든 이 모래섬에 서 있으면 잔잔한 바다 저편으로 아름다운 후지산의 윤곽이 덩그렇게 솟아난다. 그리고 그 가운데 관람차의 전구가 반짝반짝 빛을 낸다. 지금까지 일본 전역의 모래섬을 다녀봤지만, 이토록 아름다운 광경은 더는 찾기 힘들 것 같다. 기회가 있다면 꼭 방문해 보기를 권하고, 가기 힘들다면 사진이라도 찾아 그 풍경을 느껴보기 바란다.

콘테스트 이야기로 다시 돌아와서 콘테스트는 공원 내부를 촬영하는 '해변공원 부문'과 공원 내부에서 후지산을 촬영하는 '후지산 부문'으로 나뉜다. 후지산 부문에 응모하는 작품 중에는 후지산 정상이 노을 지는 태양과 겹쳐진 순간을 찍은 사진이 곳곳에 눈에 띈다. 이를 '다이아몬드 후지산'이라 일컫는데 삼반제 해변공원에서는 1년에 단 두 번 다이아몬드 후지산을 영접할 기회가 있다. 나도 지금까지 몇 번이나 시도해봤지만, 아쉽게도 구름의 방해로 만날 수 없었다.

그런데 10월의 어느 날 드디어 나에게도 기회가 찾아왔다. 맨질맨질 하게 잘 익은 감 같은 태양이 후지산 정상에 앙증맞게 걸터앉았다. 그리고 신비로운 기운을 한껏 품은 노을빛을 발하며 온 세상을 따스하게 물들어주었다. 단 몇 분의 순간에 벌어진 광경이었지만, 그곳을 찾은 수백 명의 카메라맨은 한 치의 망설임도 없이 셔터를 눌러댔다. 아마도 다음 포토 콘테스트에 출품될 작품은 다이아몬드 후지산으로 넘쳐나지 않을까 싶다.

나 역시 콤팩트 디지털 카메라로 다이아몬드 후지산을 촬영했는데, 누가 봐도 평범한 사진이었다. 심사위원인 내가 장담컨대 만일 콘테스트에 응모했다면 100% 탈락감이다. 그것도 1차 심사에서.

내 졸작과 달리 '찍는 재능'이 넘치는 지원자들의 수많은 작품을 다음 콘테스트에서 만날 생각을 하니 '보는 재능'이 있다고 자부하는 나는 그날이 손꼽아 기다려진다.

° 　　　　　21세기
　　　　　환상의 커플

　　　　　고백하건대 나는 어릴 적부터 아이스크림을 무척 좋아했다. 봄, 여름, 가을은 물론 입김이 나오는 영하의 한겨울에도 빼놓을 수 없는 '최애 간식'이다. 나에게 아이스크림은 가끔 접하는 고급 간식이 아닌지라 주로 편의점에서 산다. 눈에 띄는 신상품이 있으면 일단 손에 쥔다. 아이스크림과 나는 이 순간 한 번뿐인, 일기일회의 관계랄까. 그때 사지 않으면 두 번 다시 만나지 못하는 경우도 있으니까.

　하지만 요즘 빠져 있는 것은 신상품이 아니다. 오래 전부터 사랑받고 있는 '슈퍼 컵'이나 '소우爽'라는 정통 바닐라 맛의 컵 아이스크림에 아이스커피를 조금

　　　　　　　　　　　　사치스러운 고독의 맛

넣어 먹는다. 홀딱 반할 만한 조합이다. 참고로 이 방법을 완벽하게 마스터하기 위해서는 약간의 팁이 필요하다.

바로 컵 아이스크림에 커피를 살짝 돌리면서 끼얹은 후 몇 초 기다리는 것이다. 그 짧은 시간 동안 차가운 커피가 아이스크림 위를 덮으면서 얇은 살얼음이 생겨 셔벗처럼 되는데 이게 정말 별미다. 엷은 갈색 셔벗의 얼음 막을 숟가락으로 부드럽게 벗겨내면서 녹아내리는 바닐라 아이스크림과 함께 음미한다.

바닐라 아이스크림의 달콤함과 조화를 이루는 커피의 쌉쌀함, 그리고 절묘하게 사각거리는 식감! 이것이야말로 21세기 환상의 커플의 탄생이 아니고 무엇이랴. 숟가락을 멈출 수가 없다. 아이스크림 컵에 부은 커피가 떨어지면 다시 커피를 조금만 넣어 몇 초 기다렸다 다시 숟가락 끝으로 셔벗을 벗겨내면서 먹기를 반복한다.

아, 지금 이 글을 쓰다 보니 갑자기 그 조합이 떠올라 참을 수가 없다. 지금은 모두가 잠든 깊은 밤이지만 편의점에 잠시 다녀와야겠다. 그럼 오늘은 이쯤에서 안녕.

°   수면

             요가

             나의 생활은 심플하지만, 매우 불규칙
하다. 앞서 말했듯 매일 정신없이 원고를 쓰다 한계
가 오면 침대로 가서 쓰러져 잠들고 눈을 뜨면 다시
원고를 쓴다. 취침시간도 기상시간도 정해져 있지 않
다. 밤을 새고 나서도 저녁까지 계속 이어서 일을 하
고 한계가 오면 잔다. 그렇다 보니 눈을 뜨면 새벽녘
인 날도 비일비재하다. 정말 엉망진창이다.

  그런 생활을 몇 년간 계속하는데 어쩐지 거의 아픈
적이 없다. 내 기억으로는 감기도 20년 동안 두 번 정
도 걸렸다. 아주 가벼운 수준으로.

  스트레스가 없어서일까? 아니면 취미로 하는 웨이

트 트레이닝이 면역력을 높여줘서 그런가? 어쨌든 잠이 오면 잠들고, 눈이 떠지면 움직이는 루틴이 나에게는 맞는 것인지도 모르겠다.

최근에는 건강에 관심이 생겨 수면 요가 앱을 깔았다. 요가의 호흡법과 의식의 흐름을 지도해주는 앱으로 잔잔한 목소리와 음악이 나오는 앱을 켜놓고 베개 옆에 두고 잠을 청한다. 이불 속에서 차분한 여성의 목소리를 따라 호흡과 의식을 조절하다 보면 꿈속을 떠다니는 편안함이 느껴지면서 스르륵 잠이 든다. 잠에서 깰 때도 개운하게 눈이 떠진다.

'요가 효과가 정말 대단한데? 그렇다면?' 하는 마음으로 원고가 술술 잘 써지는 요가 앱이 있는지 찾아봤지만, 역시 그런 건 없었다. 슬슬 이런 말 소리가 들려오는 것 같다. "그런 쓸데없는 검색을 할 시간이 있다면 원고나 붙들고 빨리 써욧!" 아, 고마운 충고는 달콤한 바닐라 아이스크림과 함께 꿀꺽 삼켜버릴 테니 언짢게 생각 말아주기를.

。   도시에 가득한

　　　　　　 손길

　　　에히메현愛媛県(시코쿠四国지방 북서부에
있는 현)에서 강연을 부탁받아 비행기를 타기 위해 하
네다 공항으로 향했다. 그날은 마감 원고를 마무리하
느라 밤을 새워 심각할 정도로 졸렸지만, 붐비는 지
하철을 타고 하마마츠초浜松町역에서 모노레일로 갈
아탔다. 모노레일에서는 다행히 앉을 수 있어서 한숨
돌릴 수 있었다.

　졸린 눈을 비비면서 창밖의 풍경을 멍하니 바라보
았다. 그러다 평소에는 눈에 들어오지 않던 바다 근
처 도쿄의 모습에 빠져들었다. 살랑살랑 흔들리는 은
빛의 해면, 운하와 콘크리트로 만든 둑 그리고 그 근

처에 자리한 차가운 빌딩 숲. 도쿄라고 느껴지지 않을 정도로 인적이 드물고 스산함마저 느껴지는 것이 어딘가 비현실적이게 느껴졌다. 하지만 이 낯선 풍경이 싫지 않았다.

도쿄 모노레일을 타면 새삼 이런 모든 풍경이 '누군가'에 의해 만들어진 것이라는 걸 느낀다. 우뚝 솟은 전봇대 하나조차 저절로 생긴 것이 없다. 누군가가 만들고, 누군가가 운송하고, 또 누군가가 세워놓은 것이다. 마찬가지로 어딜 가도 보이는 가드레일도 누군가에 의해 제조되고 설치되었다. 푸른 하늘을 향해 우뚝 솟아 있는 빌딩의 유리창도, 창틀도, 창틀을 고정하는 나사 하나도, 쌓아올린 벽돌 하나하나 그리고 옥상에 설치된 물탱크도, 자동문의 레일도 모두 누군가의 창작물이다. 신호등도, 도로표지판도, 가로수도 공원의 벤치도 소방설비, 눈에 보이지 않는 지하의 수도관이나 가스관도, 바다와 육지 사이가 무너지지 않도록 보호하는 둑도 전부 누군가의 손에 의해 이 세상에 나와 거리의 일부분이 되어 있는 것이다.

대학생 때 여러 건설 현장에서 다양한 일용직 아르

바이트를 한 적이 있다. 그래서 더욱 절실히 다가오는 것인지도 모르겠다. 나는 내가 잠시 일했던 현장과 건축물을 발견하면 나도 모르게 옆에 있는 지인에게 "저거 내가 만든 건물이야"라고 자랑 삼아 이야기하고 싶어진다. 벽돌 몇 개 나른 아르바이트생 주제에 잘난 척이라니.

고작 이 정도로도 으쓱하는 나처럼 모노레일 창밖으로 보이는 저 작은 빌딩의 낙성식에서 눈물을 흘리고, 또 저 작은 다리의 준공식에서 감동으로 온몸을 떨던 사람이 있을지도 모른다. 심지어 저 전봇대를 보면서 젊은 아빠가 아들에게 "이 전봇대는 아빠가 만든 거야"라고 자랑하면 아들이 "아빠! 완전 멋지다!"라며 존경의 눈으로 바라보는 장면도 실제로 있지 않을까. 모쪼록 있기를 바란다. 계속해서 이런저런 상상에 빠진다. 소설가라서 어쩔 수 없이.

그렇게 거리의 풍경은 무수의 이름 없는 사람들의 손에서 탄생한 작품의 집합체이며 그 자체가 커다란 합작품이라고 말할 수 있다. 우리는 그들의 '작품' 속에서 살아가는 것이다.

사치스러운 고독의 맛

도쿄 모노레일을 탈 때마다 매번 이런 생각을 하다 보면 이름 모를 수많은 '그들'에 대한 감사와 친밀감이 생겨난다. 넘쳐흐를 정도의 절절한 감정은 아닐지라도 진심으로 "고맙습니다"라고 전하고 싶다. 그리고 동시에 정말, 인간의 힘이란 대단하다고 탄식하게 된다. 오늘도 이런 상상을 하며 하네다 공항에 도착했다.

　여행 가방을 들고 누군가 만든 터미널 빌딩에 내려 누군가 만든 비행기에 타고 또 누군가 만든 활주로에서 이륙한다. 이륙과 동시에 나는 꿈나라로……. 기분 좋은 취침의 나라로 테이크 오프.

크로크 무슈와
가무잡잡한 점원

　　　　　20대 후반, 프리랜서 편집자와 글 쓰는 일을 함께 했던 나는 치요다千代田구의 고지마치麴町에 있는 편집 프로덕션에서 책상 하나를 빌려 일을 했다. 주로 점심은 프로덕션 근처에 있던 '언덕길 카페'에서 해결해서 주인과 얼굴을 익힌 사이가 되었다. 이름은 내 마음대로 그렇게 부른 것이고 실제로 카페 이름은 외우기 어려운 영어 이름이었다.

　그 카페는 특히 치즈를 듬뿍 얹은 토스트인 크로크 무슈croque monsieur가 맛있었다. 동남아시아 사람으로 보이는 점원이 홀을 담당했는데 항상 생글생글 웃는 명랑한 사람이었다. 그녀는 단골손님인 나에게 스태프용으로 만든 빵이나 주문이 잘못 들어간 파스타 등을 가끔 슬그머니 서비스로 내어주곤 했다. 길에서 우연히 만나도 잠시 안부를 나눌 정도의 친근한 사이가 되어서 나에게 그 카페는 마음이 편안해지는 또 하나의 '집' 같은 곳이었다.

당시에는 프리랜서가 된 지 얼마 안 되어 마음 붙일 곳 없이 불안하기만 했었다. 그때마다 다정한 점원은 항상 밝게 웃어주고 조금 어색한 억양의 일본어로 친절하게 말을 걸어주었다. 그런데 어느 날 갑자기 편집 프로덕션을 이이다바시飯田橋로 옮기게 되었다. 지하철 두 정거장 정도밖에 되지 않는 거리였지만, 이전하고 나서 일이 많아져버려 언덕길 카페에 가는 일도 뜸해졌다.

몇 년이 지나 마침 고지마치에서 일이 생겼고 문득 언덕길 카페가 생각나 들렀다. 그러자 그 점원이 나를 바라보며 "어서 오세…"라더니 이내 밝게 웃었다.

"어머, 오랜만이에요! 그동안 왜 안 오셨어요?"

나를 아직도 기억하고 있다는 게 반가워서 나도 모르게 손뼉을 마주쳤다. "죄송해요! 직장이 바뀌어서

요. 아직 계셨군요." 그리고 그 짧은 사이에 깨달았다. 아직 그녀의 이름도 모른다는 사실을. 서로 이름조차 모르지만, 몇 년이 지난 지금도 웃으면서 손뼉을 마주칠 수 있다니. 오랜만에 언덕길 카페에서 추억의 메뉴인 크로크 무슈와 커피를 맛봤다. 그날도 이름을 묻지 않은 채 "또 올게요!"라며 손을 흔들고 카페를 나왔다.

하지만 그곳에 다시 찾아간 것은 그 후로 십여 년이 지난 어느 겨울날이었다. 카페에 들어가니 바로 그 점원을 찾을 수 있었다. 당연하게도 점원은 아주머니가 되어 있었고 이제는 그저 "어서 오세요"라고 인사했다. 물론 미소는 잃지 않은 채.

예전부터 지정석이었던 창가 자리에 앉아 메뉴를 살펴봤더니 가장 좋아했던 크로크 무슈가 사라졌다. 할 수 없이 샌드위치와 커피를 주문해 식사를 마쳤다. 그리고 "잘 먹었어요. 맛있었습니다"라고 점원을 향해 미소를 지었다. 그렇게 또 몇 년이 흘러, 이번에는 엊그제 일이다. 일 때문에 카페 근처를 지나가게 되었는데 이번에는 크로크 무슈가 아닌 카페 자체가 없어졌다.

순간 그 언덕에 가만히 서서 그 점원은 지금 어디서 무엇을 하고 있으려나 내심 걱정했다. 그리고 이내 생각이 바뀌었다. 늘 밝게 웃던 사람이니까 어디에서든 분명 그 미소로 주위를 빛내주고 있겠지. 그녀의 주위에도 웃는 얼굴로 대해주는 사람이 가득할 거야. 그런 확신이 마음속에서 피어났다.

홀가분한 마음으로 다시 걷기 시작했다. 도시의 빛바랜 겨울 하늘을 올려다보며 이제는 사라진 카페의 언덕길을 천천히 걸어 내려왔다.

°　　　　　　나를 괴롭히는

　　　　　　원고와 현고

　　　　기타를 쳤던 아버지의 영향으로 중학교 때부터 기타를 치기 시작했다. 처음에는 기본 코드인 C, G7, F 잡는 법을 아버지에게 배웠고, 그다음부터는 새 모이만큼의 용돈을 모아 가요 가사와 코드가 적힌 악보집을 사서 혼자 조금씩 연습했다. 그런 내 모습을 보고 따라 하듯 동생도 기타를 치게 되었다.

　아버지, 나, 동생 이렇게 세 명 중 기타를 가장 못 치는 사람은 단연코 나다. 아버지와 동생은 틈만 나면 기타를 안고 연습하는 스타일이라 동료들과 밴드도 만들고 했는데, 나는 산속에서 야숙을 했을 때 잠깐 모닥불 앞에서 몇 번 튕기거나 친구들과 술 한잔

하고 흘러간 가요를 목이 터져라 부를 때 꺼내는 정도였다. 그러다 얼마 전 아주 오랫동안 '언젠가 꼭 내 품에 넣으리라!'라며 막연히 가지고 싶어 했던 기타를 샀다. 온라인 쇼핑에서 저렴한 가격으로 파는 것을 보고는 충동적으로 질러버린 거다. 기타가 배송되기를 기다리는 며칠 동안 마치 크리스마스 선물 포장을 뜯기 전 설레하는 초등학생처럼 흥분된 상태였다. 야호, 야호!

드디어 기타가 도착했다. 상자 포장을 벗기고 하드 케이스를 열어 기타와 대면. "우와, 왔구나! 왁왁!!"

무슨 말인지 알 수 없는 혼잣말을 쏟아내며 조심스럽게 기타를 꺼내 무릎 위에 올렸다. 그리고 '디리링~' 하고 기분 좋게 치려는데, 응? 뭐지 이건?

삑삑 이상한 음이 나오는 데다 줄을 잡는 손가락 끝이 심하게 아팠다. 오랜만에 치는 거라 손가락 끝 피부가 연해서 그런가? 혹시나 하는 마음에 아버지와 동생에게 치게 했다. 그러자 둘 다 동시에 미간을 찌푸렸다.

"소리는 좋은데, 줄 높이가 너무 높아서 안 되겠네."

"안타깝지만 이런 상태면 칠 마음도 안 생기겠어."

30년을 이어온 오랜 꿈을 두 명의 '기타인'에게 단번에 짓밟혀버린 소설가는 심하게 낙담하고 말았다. 그 어떤 말로도 위로가 되지 않는다. 아, 꿈꾸던 기타였는데!

어쨌든 문제는 한 가지. 현고弦高, 즉 줄의 높이다. 줄과 넥이 너무 떨어져 있어서 손가락으로 누를 때 과도한 압력이 필요하다. 그렇다면 줄 높이를 조정하면 되겠군! 그 길로 쓰던 원고도 내려놓고 기타 현의 높이에 대해 조사하기 시작했다. 이 브랜드의 현의 높이나 브릿지의 서들을 조절하는 방법, 넥의 휜 상태를 고치는 방법 등 다양한 전문 지식을 얻을 수 있었다. 그러나 결국 '아마추어가 줄 높이를 조정하는 것은 무리가 있음'이라는 자명한 사실에 수긍할 수밖에 없었다.

다음 날 원고는 뒷전으로 하고 차에 기타를 싣고 악기점으로 향했다. 이 방면의 전문가에게 줄 높이를 조정하기 위해 간 것이다. 이 원고를 쓰는 지금, 내 기타는 줄 높이 조정 중이다. 줄 높이 조정은 상태에 따라 1주일에서 2주일이나 걸린다고 하는데 재촉하지 않으면 날짜에 따라 가격이 오를 수도 있다고 한다. 따라서 "조정했으니 찾아가세요"라는 연락을 받으면 곧장 받으러 가야 한다. 솔직히 원고 마감이 내일모레 하는 터라 한시가 급한데도 말이다.

저렴하게 구매를 하고 좋아했는데 이렇게 발목을 잡힐 줄이야. 후회막급이지만, 한편으로는 확신이 생겼다. 프로의 손길로 다시 태어난 꿈의 기타에게 무한한 애착이 생겨나리라는 확신이다.

잠시 상상해본다. 줄 높이 조절을 마치고 내 손에 돌아온 기타에서 '디리링~' 듣기 좋은 소리가 나면 나는 틀림없이 흐뭇한 미소를 짓겠지. 그리고 마침내 안정을 찾고 원고를 잘 마무리하게 될 거야.

그러고 보니 원고와 현고, 한 글자 차이인 이 두 녀석은 어째서 나를 괴롭히는 걸까?

°   지금이 제철인
            취미

나는 취미가 많은 편이었다. 낚시, 독서, 테니스, 기타, 오토바이, 캠핑, 복싱, 피트니스 등 하고 싶은 것이 너무 많았다. 항상 시간이 모자라다며 이것저것 닥치는 대로 했다.

그랬던 나는 아이가 태어나자마자 그 숱한 취미에서 손을 놓게 되었다. 바쁘게 즐기던 나의 취미생활은 아이와 시간을 보내는 걸로 대체되었다.

사실 그간 방송에서 아이와 많이 놀아주는 아버지를 보여주면서 칭찬하고 부러워하는 설정에 불편함을 느끼던 터였다. 애초에 아이와 함께 노는 것을 '놀아주다'라고 표현하는 것부터 걸린다. 나는 진심으로 내

사치스러운 고독의 맛

가 좋아하는 취미시간을 갖고 싶다. 아이 때문에 일부러 하고 싶은 취미를 참는 것이 아니다. 내가 놀고 싶어서 함께 노는 것이다. 그러니까 취미를 바꾼 셈이다. '아이와 노는 것'이 새로운 취미가 된 것이다.

예전의 나는 수면 부족 상태로 마감에 허덕이면서도 낚시를 가는 날 아침이면 항상 필사적으로 일어났다. 아이가 태어난 후에도 마찬가지다. 아무리 밤을 새우고 잠이 부족해도 아이와 함께 놀러 나가는 날이면 어떻게든 일찍 일어나서 외출 준비를 한다.

놀아주는 것이 아니라 놀고 싶어서 논다. 주체는 항상 나 자신이다. 아이와 전력을 다해 노는 시간은 그간의 모든 취미를 내던질 만큼 충만한 시간이다. 나는 그 시간이 진심으로 행복하다. 물론 상대가 아이여서 내 마음대로 되지 않고 성가신 일도 어마어마하게 많은 데다 놀이 자체가 유치해서 빨리 질리기도 한다. 그래도 아이의 웃는 얼굴을 보면 덩달아 즐겁다. 그래서 아이에게 "내일 놀러 가자"라고 했다가 거절당하면 오히려 내가 붙들고 떼를 쓰게 된다. 거의 억지를 부리는 수준이다. "왜에, 놀러 가자아~ 진짜 재밌을 거야. 아이스크림도 먹고 그러자~"라며 꼬드긴다. 하지만 요즘은 그것마저 점점 먹히지 않게 되었다. 아빠 옆에만 붙어 있던 아이가 크면서 곁을 내어주지 않게 되었으니까. 조금 서운하긴 하지만 아버지로서 아이들의 성장을 지켜보는 일은 커다란 행복이다.

　이런 흐름이라면 3년 정도 후에는 취미가 바뀌지 않을까 싶다. 언젠가 훌쩍 자란 아이들이 나와 같은 취미를 공유하면 얼마나 좋을까.

　"아빠랑 노는 건 재밌어요. 우리 함께 놀아요!" 아이들이 그렇게 느낄 수 있도록 나는 앞으로도 인생을 즐기면서 보내려고 한다. 늘 '지금이 제철인 취미'를 만끽하면서.

°   꿀잠의

             기쁨

나는 바로 잠드는 것에는 누구보다 자신이 있다. 이불에 들어가는 순간부터 기분 좋은 수면 상태로 들어간다. 무언가를 생각하면서 멍하니 누워 있거나 하는 일은 거의 없다. 단언컨대 아예 없다고 해도 될 정도다. 그저 전신의 힘을 빼고 심호흡을 하고 '오늘도 수고 많았어……'라고 생각하는 사이 이불 속으로 몸이 녹아내리듯 깊은 잠의 세계로 빠져든다.

이런 나도 예전에는 불면증에 시달렸다. 심지어 녹초가 된 상태로 이불 속으로 들어갔는데도 한 시간이 지나고 두 시간이 지나도 잠이 오질 않았다. 아, 정말 자고 싶다, 너무 피곤하다. 생각하면 할수록 더 잘 수 없게 되는 딜레마에 빠진 것이다. 그 밤은 정말 견디기 괴로웠다.

그러던 어느 날 텔레비전 방송에서 우연히 혁명적인 말을 듣게 되었다.

"잠이 오지 않을 때는 무리해서 자려고 노력하지 않아도 됩니다. 인간은 한계가 오면 아무리 자지 않으려고 해도 잠이 들게 되어 있답니다. 자지 말라고 해도 자게 될 거예요."

누가 말했는지는 기억나지 않지만 대충 요약하면 그런 내용이었다. 그 후로 이 말을 머릿속에 되뇌면서 몇 시에 자고 몇 시에 일어나기라는 규칙적인 생활 패턴을 없애기로 했다. 졸리면 자고 눈이 떠지면 일어난다. 프리랜서니까 가능한 나만의 수면 패턴을 만든 것이다.

물론 회의나 스케줄이 있을 때면 알람을 설정하고 맞춰서 일어난다. 나만의 수면 패턴을 갖게 된 후로는 불면증으로 괴로운 날은 한 번도 없었다. 아침에 자서 낮에 일어나거나 낮에 자고 일어나 보니 한밤중이어서 깜짝 놀란 적은 있지만, 다행히 건강 상태는

사치스러운 고독의 맛

무척 양호하다. 스스로 '왜 멀쩡하지?' 할 정도로 감기조차 걸리지 않는다. 무엇보다 기분이 상쾌하다. 기분이 좋으니까 스트레스도 없고 면역력이 높아져 병에 걸리지 않는 그런 연결고리가 만들어진 느낌이다.

잠이 잘 들면 이불에 들어가는 순간을 즐기게 된다. 폭신폭신한 꿀잠의 시간은 매일의 소소한 행복이다. 최근에는 그 시간을 더 기분 좋게 만들기 위해 무료 앱을 두 개 사용하고 있다. 하나는 '굿스립(숙면 벨소리)'이라는 앱이다. 간단히 소개하면 기분 좋은 음악을 몇 개 골라 들려주는 앱이다. 빗소리, 작은 새 지저귀는 소리, 파도 소리, 모닥불 타는 소리, 심장 박동 소리, 바람 소리 등 자연의 소리부터 오르골, 재즈, 거리의 소음, 풍경 소리, 시계 바늘 소리와 같은 인공의 소리도 다양하게 들어 있다. 그중에서 자신이 선호하는 소리를 몇 개 골라두면 그것을 들으면서 잠들 수 있다.

이것저것 시도한 결과 나는 시냇물 흐르는 소리와 밤 벌레의 노랫소리, 멀리서 들리는 저녁 매미 소리가 효과가 좋았다. 이 소리들을 리스트에 넣고 매일 밤 들으면서 잠을 청한다.

　또 다른 앱은 '네타마마 요가(누운 채로 요가)'다. 이름 그대로 이불 속에서 누운 상태로 요가하기 위한 앱으로 잔잔한 배경음악과 함께 요가의 순서를 차근차근 가르쳐줘서 초심자도 쉽게 따라 할 수 있다. 요가 시간은 대략 15분에서 20분 정도로 적당한 편이지만, 나에게는 한 가지 문제가 있다. 잠이 빨리 들어버려서 끝까지 할 수가 없다는 것. 이불 속에서 요가를 시작하자마자 바로 잠이 들기 때문에 후반부가 어떻게 되는지 아직까지 모르고 있다. 참 행복한 고민이긴 하다. 정말로!

°   할머니와
          시바견, 하루

          작가가 되기 전 편집자로 일할 때 휴일
에는 종종 도쿄 옆 지바현의 보소반도房総半島에 있는
산에 올랐다. 강에서 낚시를 하거나, 민물 게나 새우
를 잡고 산나물을 뜯으며 아웃도어 라이프를 즐겼다.
  그러던 중 길가에서 산나물을 파는 할머니와 친해
졌다. 작은 키에 깡마른, 등이 살짝 구부정한 할머니
였는데 처음에는 조금 퉁명스러워 보였지만, 조금씩
얼굴을 마주하고 세상 이야기를 나누는 사이에 가까
워졌다. 내가 이렇게 보여도 은근 할머니들에게 인기
가 있는 편이거든.
  할머니네 가게의 메인은 사실 산나물이 아니라 매

실 장아찌나 곤약 등 제철 재료로 만든 반찬이다. 나는 할머니가 손수 만든 반찬이 참 정겨워서 갈 때마다 조금씩 사게 되었고 그 후로는 찾을 때마다 "할머니, 전에 사 갔던 그거 맛있던데요"라고 보고하게 되었다. 산골에서 혼자 살던 할머니는 나를 보면 얼굴 가득한 주름을 한껏 구겨 보이며 함박웃음을 짓고 기뻐했다. 그 모습에 나도 괜스레 기분이 좋아져 굳이 반찬 살 일이 없어도 할머니네를 찾게 되었다.

혼자 살던 할머니는 적적함을 달래기 위해 개를 한 마리 키웠다. 시바견을 닮은 잡종이었는데 이름은 '하루(봄)'였다. 낯선 사람에게는 제법 짖어대지만, 친해지면 상당히 사람을 잘 따르는 녀석이었다.

한바탕 산을 타고 나서 할머니와 차 한잔 마시며 하루를 쓰다듬다 보면 '그래, 이 정도면 잘 살고 있네'라는 생각이 들면서 마음이 평온해졌다. 옆에서 할머니는 조곤조곤 이야기를 했다. 마당에 매화가 피었고, 죽순이 제철이라든지, 올해 곤약이 맛있게 만들어졌다든지, 매미 소리가 잦아들었다든지. 그렇게 소소한 일상을 나누다 종종 지난날을 되돌아보며 "아들이 있었을 때에는 좋았는데"; "남편이 살아 있을 적에는……" 하고 할머니의 개인사를 들려주었다. 나는 듣기만 하면서 할머니의 과거를 가만 그려보았다. 돌아갈 때가 되어 "이제 슬슬 가볼게요" 하고 일어나면 할머니는 언제나 "이거 가져가"라며 손이 바빠졌다. 텃밭의 채소거나 방금 만든 곤약, 집에서 기른 매실로 담근 술같이 마음이 담긴 선물을 뭐라도 챙겨주었다.

어느 해인가 겨울이 지나고 오랜만에 할머니네를 찾았는데 어딘가 이상한 분위기가 감돌고 있었다. 다행히 하루가 얼굴을 슬쩍 내밀더니 나를 알아보고 반가운 듯이 다가왔다.

"하루, 오랜만이야. 할머니는?"

그때, 마당에서 낯선 할아버지가 얼굴을 내비쳤다.

"저기, 뉘신가?"

"아, 이 집 할머니와 아는 사이인데요."

그러자 그 할아버지가 "그런가" 하며 머쓱한 얼굴로 "나는 이 집 할머니 친척인데. 할머니는 지난달에 돌아가셨어"라는 것이다. 그것도 세간에서 말하는 고독사였다. 그 사실을 듣고 비통한 마음을 필사적으로 참아내며 애써 하루를 쓰다듬었다.

"그럼…… 하루는 누가 돌보나요?"

"내가 해야지. 지금도 밥 주러 온 거요."

이후 얼마 동안 하루와 함께 할아버지와 이야기를 나누다 자리에서 일어났다. 익숙했던 정원을 나서다 무심코 뒤를 돌아보았는데 하루가 물끄러미 내 뒷모습을 지켜보고 있었다.

할머니, 감사했어요.

가슴 깊이 기도하듯 일기일회라는 말을 깊이 삼키며, 하루에게 가만히 손을 흔들었다.

。

소토 보세를
추천합니다

　　　　혹시 '소토 보세Sotte Bosse'를 아는지? 작곡가 겸 프로듀서인 나카무라 히로시 씨와 보컬 카나 씨로 구성된 혼성 2인조 그룹이다. J팝의 명곡을 보사노바풍으로 재해석하거나 청량감 넘치는 오리지널 곡을 발표해 큰 인기를 얻어 일본 골든 디스크 대상에서 신인상을 수상한 실력파.

　나는 자타공인 소토 보세의 열성적인 팬이다. 당연히 앨범을 전부 갖고 있고 너무 좋아한 나머지 소설에도 등장시킬 정도다. 그래서 아직 소토 보세의 곡을 모르는 사람에게는 온 힘을 다해 추천하기도 한다. 속삭이듯 노래하는 카나 씨의 목소리를 들으면 누구나 마음이 편안해질 테니까.

수년 전에 기적처럼 동경하던 카나 씨와 알게 되어 지금은 사이좋은 술친구가 되었다. 이제는 "카나 씨"가 아닌 "카나야"라고 편하게 부른다. 가장 좋아하는 아티스트와 친구가 되는 꿈과 같은 일이 일어나다니! 소설가가 되길 정말 잘했다.

어느 날 밤에 일어난 일이다. 어떤 영화에 보조 출연하게 되어 카나와 함께 촬영 현장에 갈 기회가 있었다. 그 밤은 무척 추워서 옷을 충분히 겹쳐 입었는데도 이가 덜덜 떨렸다. 하지만 촬영 장면의 설정이 여름밤이어서 출연 배우들은 모두 얇은 셔츠 한 장만 입은 채 몇 시간을 견뎌야 하는 상황이었다.

어떻게든 촬영을 무사히 마치고 카나와 영화 관계자 여러 명과 함께 집으로 향했다. 근처 역으로 걸어가는 동안에도 몸이 바들바들 떨려 어금니 부딪히는 소리가 날 정도였다. 관계자들은 너도 나도 "와, 정말 말도 안 되게 추웠네", "설마 그렇게 여러 번 찍을 줄은 몰랐네", "저는 감기 걸릴 것 같아요"라며 난리였다. 그런데 뒤에서 걸어오던 카나가 갑자기 "후후후"

웃더니 이렇게 말하는 게 아닌가. "이렇게 썰렁한 추억을 만들다니, 평생 기억될 것 같아요!"

이 말을 듣고 내가 소토 보세의 팬이라는 사실이 자랑스러워졌다. 감기 걸릴 정도의 혹독한 추위를 똑같이 경험하고도 한쪽에서는 불평이 쏟아지는 반면 한쪽에서는 "평생 기억될 것 같아요"라는 유쾌한 반응이 나오다니. 살아가면서 고통스러운 일을 겪게 된다 하더라도 그것을 받아들이는 자세, 대처하는 태도 하나로 인간은 행복할 수도 불행할 수도 있다. 우리들은 얼마든지 자유롭게 감정의 성질을 바꿀 수 있다.

또 다른 날에는 카나와 함께 오케스트라가 연주하는 영화음악 녹음 현장을 방문하게 되었다. 둘 다 오케스트라 녹음 현장은 처음이라 리허설부터 감동해버렸다. 녹음이 시작되자 옆에 있던 카나가 혼잣말로 속삭였다.

"이렇게 다양한 인생이 연주하는 소리가 하나가 된다니 오케스트라란 정말 멋진 작업이네."

'인생이 연주하는 소리'라니. 오케스트라도 멋지지만 카나의 짙은 감수성에 감동해 옆을 바라보니 카나의 눈가가 어느새 촉촉해져 있었다. 그녀는 오케스트라를 지그시 바라보면서 이렇게 말했다.

"음악을 무엇보다 소중히 여기며 살아온 사람들이 갖고 있는 '삶의 음색'을 모아놓은 것 같아. 아, 소름 돋아."

이때 다시금 느끼게 되었다. 카나는 인생을 누구보다도 세심하게 어느 곳 하나 놓치지 않고 음미하면서 살아가고 있구나. 오케스트라 연주에 감동하는 것에 그치지 않고 음악을 연주하는 음악 단원 한 명 한 명의 인생까지 들여다보고 감동할 줄 아는 사람이니까. 음미하는 깊이가 전혀 다르다고 느꼈다. 카나의 속삭이듯 노래하는 목소리에 많은 사람들이 마음을 빼앗기고 빠져드는 이유는 분명 이러한 감정이 전해지기 때문이겠지. 나도 모르게 숨을 크게 내쉬었다.

노래와 소설은 물론 다른 장르이지만, 감동을 전하는 사람으로서 나도 카나를 본받아야 하지 않을까. 솔직히 반성을 하게 된다.

마음을 활짝 열고 때묻지 않은 맑은 감성으로 내게 일어나는 상황을 있는 그대로 받아들일 것, 그리고

사치스러운 고독의 맛

최대한 멋지게 대처할 것. 이런 습관을 몸에 들이면 아마도 세상을 떠날 때 "아, 이 세계는 최고로 멋있었어. 잘 살아준 내 인생에 감사를!"이라고 소리치게 되지 않을까. 그렇게 죽는다면 더할 나위 없겠다.

　지금 원고를 쓰면서도 소토 보세의 노래를 듣고 있다. 아아, 역시 마음이 녹아내린다.

°   인생을 짓는
              도구

              친구가 인터넷에서 악플 테러를 당했다. 다소 어리숙한 면은 있지만, 마음은 좋은 녀석인데. 뭐든 잘되기를 바라는 마음에 너무 애를 쓰다가 이런 일을 겪게 된 것 같았다. 참 서글프고 안쓰러웠다. 불특정 다수의 사람들이 던지는 칼에 난도질을 당한 그는 사람에 대한 불신이 심각해져버렸다. 아마 병원에 가면 우울증 진단을 받지 않을까 싶을 정도였다.

  세상에는 다양한 의견이 있으니 마음에 들지 않는 의견이 있다면 그것을 지적하는 것도 마땅한 일이라고 생각한다. 반대 의견을 내놓은 상대에게 퍼붓고 싶은 마음도 충분히 이해가 된다. 다만 어떻게 '퍼붓는가'에 따라 그 사람의 품격이 드러난다는 점도 기억해줬으면 한다.

말은 일종의 도구다. 그것을 사용할지 말지 결정하는 것은 자신의 몫이다. 어떤 말을, 언제, 누구에게 사용할지는 우리에게 달렸다. 다만 말이 만들어낸 에너지는 결국 나에게 되돌아온다는 걸 명심해야 한다. '말이 인생을 짓는다'고 하지 않던가.

주변 사람들을 보고 있으면 분명히 알 수 있다. 항상 멋진 말을 쓰는 사람들은 멋진 말에 어울리는 인생을 살아가고, 그 반대도 마찬가지다. 누군가를 비하하는 말이나 타인에게 상처를 주는 말을 평소에 자주 쓰는 사람 중에 행복하게 보이는 사람을 본 적이 없다.

만일 온라인 댓글 테러에 가담하고 싶다면 상처를 주는 말을 쓰기에 앞서 아주 잠시라도 좋으니 자신에게 이런 질문을 던져보면 어떨까?

'나는 지금부터 말을 무기로 써서 다른 사람의 마음에 상처를 줄 것이다. 이는 곧 자신(익명이라도)이 다른 사람을 다치게 하는 사람이라는 사실을 세상에 알리는 것이다. 그런 내 모습도, 괜찮은가?' 이렇게 자문해봤을 때 조금이라도 불편함을 느낀다면 멈추는 것도 방법이겠다. 기본적으로 말이라는 도구는 모나지 않고 상냥하게 사용할수록 상대의 마음속 깊은 곳까지 건드릴 수 있으니까.

말에는 신기한 힘이 있다. 부정적인 말이 훨씬 에너지가 강하다. 예를 들어 열 번 칭찬을 듣다가도 한 번 꾸중을 듣게 된 사람은 그 한 번의 꾸중만 기억한다. 상상해보자. 누군가에게 "너무 멋져요", "최고!", "너무 좋아요", "평생의 친구", "천재" 이런 말을 듣다가 곧바로 "지금 당장 죽어버려!"라는 말을 다른 누군가에게 듣는다면 좋은 말로 끌어올렸던 기분도 순식간에 사라질 것이다.

끝으로 진심을 다해 거듭 전하고 싶다. 말이란 '인생을 짓는 도구'이니, 부디 모두를 행복하게 만드는 데 사용하기를 바란다.

。   80% 확률로

행복해지는 법

인터넷 뉴스 기사를 읽다가 흥미로운 통계를 발견했다. 세계적인 규모로 조사한 결과 '지금도 계속 꿈을 가지고 살고 있다'라고 답한 사람 중 82%가 '현재의 삶에 만족하고 있다'라는 답변을 했다고 한다.

대단한 결과다. 꿈이란 이루지 않아도 단지 계속 쫓는 것만으로도 80%의 확률로 삶을 만족스럽게 만들어준다는 말이니까. 이토록 높은 확률로 행복하게 만들어주는 수단은 아무리 뒤져도 쉽게 찾기 힘들 것 같다. 어쩌면 인간이란 무엇인가를 이뤘을 때보다 그것을 이루기 위한 도전을 멈추지 않을 때 훨씬 더 오

래 행복감과 만족감을 느끼는지도 모르겠다.

만일 스포츠계에서 대기록을 거머쥔, 국가적 영웅으로 불리는 선수가 있다고 하자. 그는 자신이 이루고자 한 꿈이나 목표를 달성해 대단한 찬사를 받으며 은퇴했다. 은퇴 후에도 각종 미디어에 출연해 훌륭한 말솜씨로 수많은 사람에게 존경받고 있다. 그렇다면 그 선수의 가장 빛나는 순간은 은퇴를 한 지금일까? 어쩌면 대기록을 향해 자신의 한계에 도전해가며 열심히 훈련했던 현역 시절, 즉 꿈을 쫓던 때가 은퇴 후의 화려한 모습보다 더 빛났다고 생각하진 않을까.

목표했던 큰 꿈을 이룬 사람이 인터뷰에서 "다음 목표를 향해 더 노력하겠습니다"라고 말하는 장면을 종종 본다. 이들은 꿈을 이룬 영웅이기에 더더욱 확신을 가지고 있는 것일 테다. 꿈을 쫓아가는 시간이야말로 인생에서 가장 빛나는 시기라는 사실을. 그래서 꿈을 이루면 다시 다음 꿈을 가지고 싶어지는 거겠지.

내 경험을 빌리자면 소위 성공했다고 여겨지는 이들의 대화 주제는 대개 '현재'와 '미래'인 경우가 많다. 앞으로의 꿈을 이야기하는 것이다. 그들의 시선은 항상 먼 곳을 향해 있다. 그런 모습은 언제나 멋지다. 곁에 있는 사람에게까지 그 예사롭지 않은 빛이 느껴진다. 반대로 과거의 영광만을 말하는 사람은 오로지 과거에 사로잡혀 현재를 제대로 살고 있지 않는 경우가 많다. 그런 사람에게서는 어떤 반짝임도 느껴지지 않는다. 실제로도 성공하지 못한 사람이 대부분이라고 한다. 과거에만 집착하며 살아가면 다가올 미래도 지금과 크게 다르지 않을 것이 분명하다.

　과거가 현재로 이어지는 것은 사실이다. 하지만 당신의 미래를 만드는 것은 과거가 아닌 현재다. 지금 당신이 무엇을 하느냐에 따라 그 순간부터 다른 미래가 열리는 것이다.

　과거에 큰 실패를 했거나 슬픈 과거사가 있다고 해도 필요 이상으로 집착하고 신경을 쓰지 않는 게 좋다. 만일 흘러간 일 때문에 지금 힘든 나날을 보내고 있다면 과거의 일에서 터득한 경험만 남기고 좋지 않은 감정은 빨리 잊어버리도록 하자. 과거가 어찌되었든 현재의 의식과 행동이 올바르다면 미래는 얼마든지 밝아질 수 있다.

'유유상종'이라는 말처럼 현재 자신의 모습이 미래에 당신 주변에 모일 사람들의 지표가 된다. '설상가상'도 그렇다. 울고 싶은 현재가 있으면 마찬가지로 울고 싶어지는 미래가 다가올 것이다. '소문만복래' 또한 지금 웃는 얼굴로 지내는 사람에게는 웃는 날이 찾아오리라는 의미이며, '남 잡이가 제 잡이'라는 말에 따르면 누군가를 저주해 죽이려고 무덤을 파면 미래에 그 보복으로 자신도 무덤 속에 끌려들어가게 된다. 신약성서의 마태복음에서 유래한 '마태 효과'는 부유한 사람은 점점 더 부유해지고, 가난한 사람은 더욱더 가난해지는 현상을 말하는데 이 또한 같은 의미다.

정리해보자. 지금 이 순간은 과거가 아닌 미래다. 따라서 꿈을 쫓아가는 것이 중요하다. 그리고 꿈을 이루었다면 또 다른 꿈을 찾아가면 된다. 만일 지금 꿈을 이루지 못했더라도 걱정할 필요는 없다. 단지 꿈을 쫓는 것만으로도 당신은 80%의 확률로 만족스런 삶을 살 수 있기 때문이다. 어떤가? 이 정도면 삶의

사치스러운 고독의 맛

구조는 생각보다 불합리하지 않은 것 같다. 그러니까 독자 친구들, 할머니 할아버지가 되어서도 미래를 이야기하고 계속 꿈을 쫓아가 봅시다.

°   짓궂은
          파스타

          식당에서 메뉴를 보고 있으면 항상 무
얼 먹을지 고민이 든다. 그래서 나는 일단 '이건 실패
하지 않겠지' 싶은 메뉴를 세 가지 정도 정해두었다.
그 메뉴는 카레라이스, 라멘, 그리고 파스타다.
  하지만 종종 실패한다. 카레라이스를 주문했는데
즉석카레가 나온 적이 있었고, 라멘을 주문했더니 인
스턴트 라면이 나온 적도 있었으니까. 오로지 낚시
투어만을 위해 몽골 오지에 갔을 때 우연히 들어가게
된 게르 식당에서 너무 오래 삶아 면이 우동처럼 퉁
퉁 불어버린 파스타를 먹은 적도 있었다. 상상을 초
월할 정도로 맛없는 파스타였다.

사치스러운 고독의 맛

이 세 가지 중에서 최근 가장 빠져 있는 메뉴는 파스타다. 파스타의 어떤 점이 좋으냐고 묻는다면 다양한 종류가 있어서 질릴 틈이 없다고 대답할 것이다. 물론 카레나 라멘도 맛이 다양하긴 하지만, 파스타만큼 무궁무진하게 응용이 가능한 메뉴는 없다. 물론 개인적인 견해다.

시내의 고급 이탈리안 레스토랑에서 먹는 파스타도 물론 훌륭하지만, 집 근처의 저렴한 파스타 가게에서 먹는 파스타도 충분히 맛있다. 내가 좋아하는 파스타는 두유 수프 파스타다. 맛을 떠올리는 것만으로 살짝 가슴이 떨려올 정도이니 상당히 훌륭한 메뉴라고 자부한다.

또 하나는 저렴한 가게에서 먹어도 언제나 맛있는 고르곤졸라 치즈 페투치네. 특히 밀가루의 풍미가 제대로 살아 있는 생면을 추천한다. 다만 대식가가 아닌데도 어쩐지 양이 늘 부족하게 느껴진다. 그래서 양을 추가하게 되는데 그럼에도 여전히 미묘하게 부족하다. 나만 그런가? 때문에 나는 먹고 난 후 매번 1인분을 더 시킬까 고민한다. 하지만 2인분을 먹으면 돈은 돈대로 들고 칼로리도 너무 높아지고 포만감에 속이 시끄러울 듯해서 마지막에 결국 포기한다. 같은 면이라도 판모밀이라면 2인분은 거뜬히 해치우는데! 그것을 용납하지 않는 짓궂은 메뉴가 바로 고르곤졸라 치즈 페투치네다.

그럴 때면 배 속에 어중간한 빈 공간을 남긴 채 좀 서운하고 아쉬운 마음으로 가게를 나선 후 편의점에 들러 삼각김밥 한 개를 사들고 집으로 돌아간다. 그런데 이번에는 마침 그 삼각김밥이 너무 맛있어서 한 입 가득 넣고 이런 생각을 한다. 굴곡진 인생이긴 해도 파스타와 삼각김밥을 함께 먹을 수 있는 세상에 살고 있어서 나는 참 행복한 사람이야.

부족한 행복은 이렇게 삼각김밥 하나로 채우면 그만이다.

°   운을 부르는
             팔찌

　　며칠 전 인터넷 쇼핑으로 구매한 풍어 깃발 팔찌가 도착했다. 가늘게 자른 풍어 깃발의 천을 엮고 가죽 끈으로 매듭을 엮어 만든 하나밖에 없는 수제 팔찌다. 풍어 깃발은 과거 고기잡이배를 띄울 때 풍어를 기원하며 어선에 단 큼지막한 깃발로 천을 하나하나 잘라서 엮은 것이라 무늬가 겹치지 않아 무척 독특하다. 바로 팔에 차보니 가벼운 데다 어색함이 없고 심플한 디자인이라서 좋다. 가죽 끈을 사용해서 시간이 지나면서 자연스럽게 변색이 된다고 하니 요즘 유행하는 가죽의 에이징도 즐길 수 있다.

　나는 원래 낚시를 좋아해서 생선을 낚을 때 좋은 기

운을 부르는 풍어 깃발을 소재로 했다는 것만으로 구매할 이유가 충분했다. 이 팔찌를 차고 낚싯대를 잡으면 대어를 기대할 수 있을 것 같고 일상에서도 행운을 낚아 올릴 수 있을 것만 같다.

중요한 건 기분이다. 실제로 생선이 잡히지 않는다해도 차고 있는 것만으로 좋은 일이 생길 거라는 기대감을 주니까 그것만으로 충분한 가치가 있다. 어쨌든 1,650엔이란 금액이 아깝지 않은 소비였다.

사실 이 팔찌에는 미야기현宮城県 이시노마키시石巻市에서 실제로 일어난 동일본대지진에 얽힌 탄생 비화가 있다. 그 내용을 간단히 요약하면 이렇다.

쓰나미에 휩쓸려버린 이시노마키 지역에서 다나카 테츠타로라는 분이 깨진 기와와 진흙 더미 철거 작업을 하고 있었다. 그는 작업 중 붕괴 건물 현장에서 다섯 개의 택배 상자를 발견했는데 상자를 열어보니 그 안에는 색색의 풍어 깃발이 들어 있었다. 이 지역에서 가장 큰 어선이었던 카토리마루의 깃발이었다. 다나카 씨는 깃발의 주인인 선주에게 연락해 깃발을 기증받았다. 그리고 이시노마키가 고난을 극복하고 어업을 다시 시작할 수 있기를 염원하며 풍어 깃발을 활용해 지역 특산품으로 만들기로 결심한다. 그렇게 '풍어 깃발 재생 프로젝트'가 시작된 것이다.

진흙으로 더렵혀진 풍어 깃발은 한 장 한 장 정성을 다해 깨끗하게 세탁한 후 모자나 가방 그리고 팔찌로 다시 태어났다. 이렇게 상품을 실제로 만들 수 있었던 것은 굴 양식이나 잠수복 봉제를 하던 마을 어머니들을 시작으로 마을 주민과 마을을 사랑하는 사람들이 함께 힘을 모았기에 가능했다. 때문에 상품을 구입하면 작게나마 이시노마키의 재건에 도움을 줄 수 있다. 가죽 끈의 색은 베이지색, 명주색, 갈색, 파란색 이렇게 네 가지 중에서 선택하면 된다. 풍어 깃발의 색과 소재는 사용하는 부분에 따라 달라져서 고를 수는 없지만, 깃발의 어떤 부분이 나에게 올지 모른다는 점이 즐거움이기도 하다.

지금 나는 새로 산 풍어 깃발 팔찌를 왼쪽 팔목에 차고 원고를 쓰고 있다. 지진으로 피해를 입은 모든 분들과 이 에세이를 읽는 모든 분께 풍어 깃발로부터 전해진 행운의 기운을 조금씩 나눠주고 싶다.

지적 모험의 나라가 사라졌다

내가 사는 동네에 어느 날부터인가 서점이 보이지 않는다. 겨우 지하철 상가 안에 한 곳 정도 있을 뿐 거리에서는 찾을 수가 없다. 믿겨지는가?

이곳은 다섯 개의 노선이 겹치는 터미널 역과 지하철 역이 통과하는 역세권이다. 심지어 주상복합이 수두룩하고 주민은 거짓말처럼 계속 늘어나는 추세다. 그런데 서점은 점점 줄어들더니 급기야 자취를 감췄다. 이보다 슬픈 일이 또 있을까? 글을 쓰는 사람이자 한 사람의 독자로서 커다란 실망감을 감출 수 없다.

온라인 서점도 물론 편리해서 좋기는 하다. 하지만 독자로서는 실제로 만져볼 수 있는 책이 진열된 서가에서 보물찾기 하는 기쁨을 느끼고 싶다. 서점은 어른도 아이도 즐길 수 있는 '지적 모험 나라의 입구'니까. 입구가 없으면 모험은 시작할 수조차 없지 않은가! 아아, 넘치는 호기심은 어디에서 받아준단 말인가! 계속 불평만 늘어놓아도 소용없겠지.

글 쓰는 사람으로서도 서점은 다른 의미로 설레는 장소다. 소설이 진열된 문학 서가를 어슬렁거릴 때 우연히 내가 쓴 책을 만나면 괜스레 옆에 서 있는 사람이 사주지 않을까 혼자 기대하며 가슴이 두근거리기 시작한다. 아, 내 책을 골랐다! 갑자기 심박수가 올라간다. 페이지를 펼쳐 읽기 시작했다! 그러면 이제 표정까지 기웃거리며 살피기 시작한다. 어떤 표정으로 읽고 있는지 궁금해 미치겠다. 계속 곁눈질을 하면서 강렬한 염원을 보낸다. '그 책 계산대로 가지고 가라 제발~!' 그러나 안타깝게도 지금껏 단 한 번도 눈앞에서 내 책을 사가는 사람과 만난 적은 없다.

만일 발견한다면 아마도 너무 기쁜 나머지 뒤에서 말을 걸지도 모르겠다. "있잖아요, 그 책. 제가 쓴 거랍니다." 그 손님이 놀라거나 기뻐하면 사인까지 서

비스하는 것이다.

비슷한 경우로 지하철에서 옆 사람이 책을 펼칠 때마다 신경이 쓰인다. 나도 모르게 곁눈으로 흘깃 페이지를 훔쳐볼 때가 종종 있다. 마찬가지로 지금껏 내 책을 읽는 사람과 만난 적은 없다. 내가 처음으로 책을 출간한 때가 2002년이었으니까 거의 20년이 흘렀는데도 단 한 번도 현장에서 내 책을 사는 독자, 읽고 있는 독자를 만난 적이 없는 것이다. 이런 소설가가 흔한 걸까?

이런 나에게도 위안이 되는 것이 있다. 최근에 페이스북과 트위터 같은 SNS를 활용해서 다정한 독자님들과 소통하는 것이다. '모리사와 작가님 신간이 계산대에 쌓여 있어서 냉큼 사봤습니다!', '지금 작가님 책과 함께 여행하고 있어요'라면서 사진으로 소식을 전해줘서 감격스럽고 행복하다. 진심으로 감사하고 또 감사하다. 하지만 글 쓰는 사람으로서 언젠가 현장의 생생함을 우연히 마주할 날을 기대한다. 동네에서 사라진 지적 모험 나라의 입구가 하루 빨리 다시 열리기를 바라면서.

。　　　　　　즐겁거나

　　　　　　자유롭거나

　　　　　언젠가 세토나이카이瀨戸内海(혼슈 서부와 규슈·시코쿠에 에워싸인 섬)에서 '놀면서 하는 강연'이라는 것을 하고 까맣게 탄 얼굴로 집에 들어갔다. 그러자 초등학생 아들이 꽤 진지하게 말했다. "아빠, 놀면서도 돈을 받을 수 있어? 좋겠다, 그런 거!"

　듣고 보니 그렇네. 묘하게 납득이 되는 말이어서 아들의 머리를 쓰다듬으며 웃었다.

　내 인생을 돌이켜보면 인생의 방향을 선택하는 두 개의 나침반이 있었던 것 같다. 하나는 그 일이 즐거운가, 또 하나는 얼마나 자유로운가 하는 점이다. 따라서 '즐겁고 자유롭다'면 망설임 없이 그 길을 선택

해왔다. 평생을 그런 식으로 살아온 것 같다.

대학 졸업 후 편집자가 된 것도 책이나 잡지를 만드는 즐거움과 출근 시간이나 복장이 비교적 자유로운 점이 끌렸기 때문이었다. 그 후 직장인을 그만두고 프리랜서가 된 것도 회사라는 틀에서 벗어나면 훨씬 즐겁고 자유로울 수 있을 것 같아서였다. 프리랜서에서 논픽션 작가가 된 것도 가능한 글자 수 제한에서 벗어나 자유롭고 싶어서, 나아가 취재로 호기심을 채우는 즐거움을 얻으려고 한 결과다.

나의 첫 직장이었던 출판사 편집장은 이런 말을 했다. "있지, 모리사와. 편집이란 말이지. 일이 아니라 놀이야. 회사가 돈을 주고 놀게 하는 거라구."

그러면서 어마어마한 양의 일을 시켰다. 이렇게 일만 하다가 병원에 입원하지 않을까 싶을 정도였다. 매일 야근에 휴일 출근까지, '놀이의 일환'이라는 발상 때문인지 아무렇지 않게 일을 시켜댔다. 의도가 어떠했든 당시의 나는 당하고 있는 기분이어서 '일과 놀이는 달라요!'라며 속으로 분통을 터트리곤 했다. 그랬던 나도 40대를 지나고 나니 그 말이 좀 이해가 된다. 말 그대로 '일＝놀이'가 아니라 노는 것처럼 일하는 것, 즐겁게 자유롭게 하자는 의미라는 것을 말이다.

참고로 지금 나는 그때보다 훨씬 쉬지 못하고 일만 하고 있다. 그래도 지금이 그 어느 때보다 자유롭고 즐겁게 흘러가고 있다고 느낀다.

즐거운지, 자유로운지 이 두 가지 나침반의 결정에 따라 걸어온 결과 나의 인생은 항상 나 자신에게 납득할 만한 삶이 되었다. 살다 보면 힘든 일도 기분을 망치는 일도 많다. 그럼에도 그 모든 것을 되도록 즐겁게 누릴 줄 아는, 마음까지 자유로운 내가 되려고 한다.

그리고 자유로움에 따라 즐거움도 배로 늘려갈 계획이다. 이것이 내 평생의 꿈이다. 그 꿈의 디테일까지 아직 보여줄 순 없지만, 여전히 두 개의 나침반에 의지하면서 설레는 마음으로 살아갈 생각이다.

。 　　　　상위 5%를 유지하는
　　　　비결

　　　　소설가로 갓 데뷔한 신인 시절이었다. 모 잡지사의 일로 일본인이라면 누구나 아는 '대가'인 소설가 M 선생님 댁에 방문하게 되었다. M 선생님은 노령이지만, 놀라울 정도로 건재한 현역 소설가였다. 게다가 무척 상냥한 분이어서 출판계의 많은 편집자에게 존경과 사랑을 받고 있었다. 그날도 어디서 구르다 나타난 사람인지도 모르는 내게 맛있는 커피를 내려주며 이런 말을 건네셨다.

　"모리사와 씨, 데뷔 축하드려요. 실은 소설가는 누구나 될 수 있지요. 단 한 작품만 내도 데뷔할 수 있으니까요. 하지만 계속 소설가로 살아가는 것은 결코

　　　　　　　사치스러운 고독의 맛

보통 일은 아니랍니다. 기왕 데뷔를 하셨으니 그 한 가지는 꼭 기억해주세요."

이미 은퇴하고 쉬고 있을 나이에 여전히 현역으로 활동하는 대선배의 조언이어서 그런지 가슴 깊숙이 와닿았다.

실제로 큰 상을 받고 데뷔해도 어느새 문단에서 사라져버린 소설가들이 수두룩하다. 모 출판사의 임원이 말하길 "소설가의 5년 생존 가능성은 5%"라고 한다. 5년이 지나면 95%의 소설가가 사라진다니. 수치의 정확도를 따지기 앞서 그만큼 살아남기 힘든 세계라는 걸 새삼 실감했다. 그 사실을 누구보다 잘 알고 있을 M 선생님이 신참내기인 나에게 진심어린 조언을 해준 것이다. 덕분에 지금까지도 작가로 먹고살고 있지 않나 싶다.

현역으로 빛나고 있는 M 선생님의 집필실을 구경하면서 나는 충격적인 사실을 알게 되었다.

집필실 안쪽에는 커다란 택배 상자가 쌓여 있었다. "선생님, 이것은 뭔가요?" 그랬더니 선생님은 웃으면서 대답했다. "아, 그것은 글래스 펜(유리촉이 달린

만년필)인데 3만 자루나 사버렸어요. 둘 곳이 마땅치 않아 골치입니다."

M 선생님은 익숙한 글래스 펜이 아니면 원고를 쓸 수 없다고 했다. 그런데 어느 날 이 글래스 펜을 제조하는 회사가 파업한다는 소식에 서둘러서 재고를 전부 사버렸다고. 그렇게 덮어놓고 사버린 양이 무려 3만 자루라는 것이다. 아무리 생각해도 충격 그 자체다.

만약 하루에 한 자루씩 펜을 쓴다고 치자. 심지어 365일 단 하루도 쉬지 않고 원고를 쓴다고 가정해도 3만 자루를 전부 소진하려면 82년이나 걸린다.

M 선생님은 대체 몇 살까지 현역 소설가로 글을 쓸 작정인 걸까. 인간의 수명을 완전히 무시한 무모한 열정, 그 자체가 내겐 충격이었다. 동시에 꿋꿋한 사명감마저 느껴져 감동이 밀려왔다. 틀림없이 M 선생님은 눈을 감는 날까지 현역으로 글을 쓰겠다고 다짐하고 있을 것이다. 그런 사람이기에 여전히 빛나 보이는 것이겠지.

나는 '현역'이라는 말을 좋아한다. 계속 현역이고 싶다고 생각한다. 작품이 팔리고 안 팔리고, 인기가 있고 없고, 잘 쓰고 못 쓰고 등 그런 문제와는 상관없이 자신이 만족하는 일이라면 현역에 끈질기게 집착해도 괜찮다고 본다. 단 한 번의 인생이잖은가. 자신을 나이, 정년에 가두지 말고 무조건 계속 활동하는 사람으로 남을 수 있게 살아가면 된다. 일에만 현역일 것이 아니라 노는 것에도 현역을 유지하면 멋지지 않을까! 현역 낚시꾼, 현역 여행가, 현역 러너, 현역 등산가, 현역 산책자 등 무엇이든 불가능할 게 없다.

고령의 나이에는 아무래도 젊을 때만큼 몸이 움직여주지 않는다. 그럼에도 현역이 되기에는 문제가 없다. 현역 독서가, 현역 만화 탐독가, 현역 우쿨렐레 연주자, 현역 볶음밥 만들기 달인, 현역 농담 연구가, 현역 애주가는 얼마든지 가능하니까. 나아가 현역의 편지 쓰기, 현역의 영화 감상, 현역의 낮잠 자기 등 살짝 유쾌한 닉네임을 스스로에게 붙여보면 좋겠다. 이런 상상을 하면 무엇이든 가능해지고 즐거워진다.

음, 명함도 만들면 어떨까. 그리고 죽기 직전까지 현역이라는 자랑스러운 마음으로 만나는 사람들에게 명함을 건네는 것이다. 조금 괴짜 같지만, 죽기 직전까지 이런 마음으로 살 수 있다면 인생은 충분히 활기차고 행복할 것 같다.

굳이 명함을 건네는 시도까진 못하겠다면 꿈꾸던 호칭은 포기하더라도, 누가 봐도 확실한 현역에 있는 사람으로서의 자존심을 갖길 바란다.

5년을 유지하는 사람이 고작 5%라는 일을 하면서 나는 가끔 이런 생각을 한다. 인생, 현역으로 즐기는 사람이 이긴다.

사치스러운 고독의 맛

°   치명적인

          탄탄면

          "계절 한정으로 나오는 냉 탄탄면이 너
무 너무 맛있는데 1년 내내 먹을 순 없을까요?"

예전에 한 프로그램에서 팬들의 의견을 체인점 사
장에게 직접 전달하는 기획을 했었다. 물론 아쉽게도
팬들이 원하는 대로 이뤄지지는 않았다. 하지만 "정
말 맛있어요!", "최고예요!"라고 치켜세우며 계절
메뉴를 절실하게 원하는 사람들의 모습을 보니 호기
심이 생겼다. 그래서 한번 먹어보자 싶어 실제 식당
을 찾았다.

그곳은 '양주상인揚州商人'이라는 이름의 체인점이
었다. 자리에 앉자마자 인기 메뉴인 냉 탄탄면을 주

문했다. 처음 한 젓가락을 입에 넣자마자 '응?!' 하며 눈이 번쩍 뜨였다. 진한 깨 소스의 풍미, 고춧가루의 알싸한 매운맛, 면의 탄성과 면 사이로 적당히 스며든 소스의 상태까지 모두 절묘하게 어울렸다. 정규 메뉴가 되어 1년 내내 먹었으면 좋겠다는 단골의 마음을 확실히 알 것 같았다. 마침 점원이 밀크푸딩을 추천해주었는데 그것마저도 놀라운 맛이었다. 아, 너무 홍보처럼 보이려나. 좀 머쓱하긴 하지만, 그 후로도 나는 여름 내내 그곳에 들르며 두 가지 메뉴를 만끽했다.

자주 가게된 건 정통 중국요리 전문점인데도 저렴한 가격 때문이었다. 집 근처의 단골 중국 요리점인 '도용문桃龍門'(후나바시시 중국요리 전문점으로 현재는 폐점)에서도 냉 탄탄면을 먹었다. 그런데 양주상인과는 다른 매력이다. 개인적인 생각이지만, '일본인의 입맛에 맞지 않는 맛'이다. 처음에는 이게 무슨 맛인가 싶을 정도로 맛이 느껴지지 않는데 먹다 보면 특유의 맛과 향에 중독이 되어버린다.

그래서 블로그에 이 두 곳의 냉 탄탄면이 맛있다

고 추천했더니 소꿉친구가 읽고 나서 "둘 다 먹고 왔어!"라며 연락이 왔다.

"덕분에 탄탄면에 완전히 빠졌지 뭐야!"

친구는 그 두 군데만으로는 부족해 다른 가게까지 찾아다니며 먹기 시작했고 새로운 맛집을 발견했다며 알려주었다. 오, 집에서 자전거로 5분밖에 안 걸리는 거리다. 꼭 가봐야겠군! 대체 이번 여름에 탄탄면을 몇 번이나 먹는 거야? 그냥 세는 걸 포기할 수밖에.

디지털
디톡스

예전에 소설에서 "돈과 행복은 별개야"라는 대사를 쓴 적이 있다. 제아무리 부자라도 불행한 사람이 있고, 생활이 넉넉하지는 않아도 주변에 챙겨주는 좋은 친구들이 있어서 항상 웃고 지내는 사람도 있다.

이처럼 돈은 행복하기 위한 도구 중 하나일 뿐이다. 돈과 행복이 같은 것이라고 착각하는 사람은 결국 돈이 없으면 행복할 수 없다는 생각에 점령당하고 만다. 그렇게 돈으로 영향력을 과시하고 필사적으로 돈을 모은다. 하지만 설령 부자가 된다고 해도 '돈은 있는데 어째서 행복하지 않지?'라는 고민에 빠지게 될 것이다. 행복이 채워지지 않으니 돈을 더 모으면 될까 싶어서 돈, 돈, 오로지 돈만 밝히며 결국 아까운 인생을 돈에 바치게 되는 것이다.

물론 이렇게 말하는 나도 사람이기에 돈 욕심이 난다. 하지만 돈을 위해 사는 것은 원치 않는다. 행복을 느끼기 위해 살고 돈은 수단으로만 여기는 것, 그것이 내가 추구하는 삶의 방식이다.

최근에는 편리함과 행복도 별개라고 생각한다. 시속 500km를 달린다는 리니어 고속철도에 관한 뉴스를 보면서 과연 목적지에 빨리 도착하는 것만이 능사인가 하는 의구심이 들었다. 여행을 갈 때 빠르게 간다는 것에만 집중하면 여행지의 정취를 마음껏 느낄 수 없지 않을까? 신칸센도 충분히 빠른 편인데 더 빨라야 할까?

여행자에게 있어 출발지로부터 여행지까지의 거리감이란 무척이나 중요한 요소다. 20대 초반 나는 변두리에 사는 사람들의 생활과 각기 다른 풍경을 지닌 거리, 불어오는 비바람, 지금껏 느끼지 못한 지구의 요모조모를 직접 느끼고 싶어 길에서 자면서 바이크를 타고 유랑했다. 속도는 자전거로 여행하는 사람들보다도 훨씬 느렸다. 아주 여유로운 속도의 여행이었다.

그때 여행에서 마주한 정서들은 마음속 깊이 남아 지금을 살게 하는 자양분이 되었다. 소설가로서 살벌한 현실을 감당하며 일할 수 있는 것도 그때 얻은 자양분 덕분이라고 믿는다. 만일 만화〈도라에몽〉에 나오는 '어디로든 문'을 사용해 가고 싶은 장소에 순간 이동할 수 있다면 어떨까. 글쎄, 여행의 과정이 쏙 빠져버리는 것이니 너무 무미건조하지 않을까. 어쩌면 여행이라고 할 수조차 없겠지.

사실 인터넷에서도 이와 비슷한 기분을 느낀다. 세계 어느 곳이든 손가락 하나면 동시에 연결되고, 아주 간단한 방법으로 정보를 교환할 수 있다는 편리함. 인터넷은 분명 우리 생활을 월등히 편리하게 만들어주었다. 하지만 행복지수도 그만큼 높아졌을까? 이건 좀 다른 문제인 것 같다.

사람과 사람이 직접 만나 말과 마음을 서로 나누는 소중한 시간이 참 많이도 줄어들었다. 불편과 고생을 감수하고 필요한 것을 얻었다는 성취감을 얻을 기회

사치스러운 고독의 맛

도 급격하게 사라졌다. 불편과 불안이라는 부정적인 면이 줄어든 만큼 상대적으로 얻을 수 있는 기쁨의 절대량도 함께 줄어버린 것이다.

SNS 덕분에 멀리 떨어져 만날 수 없는 사람들과도 언제든지 연결된다는 기쁨까지 무시할 수는 없다. 하지만 좀처럼 만날 수 없는 상대를 밤하늘에 뜬 달에 투영해 그리워하는 감정을 잃어간다는 것은 조금 안타깝다. 쉽게 만날 수 없고 만질 수 없고 또 말도 나눌 수 없는, 그렇기에 더더욱 만나고 싶어 안달이 나고, 만남의 기쁨이 각별했던 순간의 감각들은 확실히 퇴화되고 있다.

편리함에는 일장일단이 있다. 현실적으로 인터넷에서 완전히 벗어난 생활은 상상조차 힘들게 되었다. 혼자서는 그렇게 살아간다고 해도 빠른 소통과 협력이 필요한 일에서만큼은 상대를 무시하고 힘들게 만드는 시대가 되어버렸다.

그래서 나는 느슨한 디지털 디톡스를 시작했다. 예를 들면 점심과 저녁, 두 번만 메일을 확인하는데 그 외의 시간에는 일절 인터넷을 사용하지 않는다. 대신 아날로그적인 일상을 마음껏 즐긴다. 카메라를 들고 유유히 산책을 하거나, 책을 읽거나, 기타를 치거나, 옛 친구에게 전화를 걸어 모처럼 수다를 떨거나, 좋아하는 카페에 가서 맛있는 커피를 마시거나, 웨이트 트레이닝을 한다. 그렇게 보낸 날은 자기 전에 만족감이 확실하게 느껴진다. 온라인 세계 속에서만 지낸 하루와 실제로 손으로 만지고 느끼며 지낸 하루는 질적으로 다르다.

우리 모두는 돈과 편리함만을 목적으로 살아가지 않는다. 삶의 목적은 대개 행복하기 위해서다. 돈이나 편리함은 행복을 위한 도구의 하나일 뿐이라는 진리를 새롭게 확인하면서, 나는 오늘도 하루하루 온 마음을 다해 직접 느끼며 살아가려고 한다.

。　　　　　아하하하하!

　　　　　까마귀

　　　　"아하하하하, 아하하하하~!"

　요즘 부쩍 작업실에 발랄한 웃음소리가 들린다. 그
소리는 옆 동네까지 울려 퍼질 듯 우렁차다. 이 목소
리의 주인공은 다름 아닌 투실투실 살이 찐 큰 부리
까마귀. 평범하게 "까악 까악" 울면 될 것을, 마치 웃
음 제조기라도 된 양 사람 웃음소리와 똑같은 목소리
를 낸다.

　마감에 쫓기는 소설을 쓰면서 진지한 장면을 그려
내려고 일부러 슬픈 음악을 찾아 틀고 기분을 푹 가
라앉힌 채 감정에 빠져 글을 쓰고 있으면, 난데없이
옆집 지붕 위에서 "아하하하하하, 아하하하하" 웃음

폭격이 날아든다. 전염성이 어찌나 강한지 나까지 계속 피식피식 웃음이 난다. 진지한 감정을 되찾기엔 틀렸으니 글 쓰기를 잠시 멈춘다.

결국 이토록 이상한 울음소리를 내는 까마귀 때문에 마감 지옥에서 허우적대야만 했고 잠자는 시간까지 줄여 마감을 해야 했다. 하지만 낮에는 밝은 웃음소리를 들으며 싱글벙글 지냈는데 엔도르핀이 돌면서 효과를 나타낸 모양이다.

내가 사는 곳에서 조금 떨어진 외곽에 있는 가츠우라 아침시장勝浦朝市에는 대나무 세공 가게에서 휘파람 피리를 판다. 새 소리와 비슷한 소리를 내는 피리를 목에 걸고 야산을 걷다가 적당한 장소에서 "휘이익~" 불어본다. 그러면 계절에 따라 다르지만 꽤 높은 확률로 휘파람새가 대답을 해주기도 한다. 휘파람 피리는 부는 방법에 따라 솔개 흉내도 낼 수 있어서 해변에서 "삐~효로로로"라고 고음으로 부르면 여러 마리의 솔개가 머리 위를 빙빙 도는 일도 종종 있다.

이런 나만의 놀이는 은근히 즐겁기도 하고 기쁘기도 하고 어쨌든 무척 건전하기 때문에 독자들에게도

사치스러운 고독의 맛

추천하고 싶다. 아웃도어 숍에 가면 아예 새 울음소리와 비슷한 버드 콜bird call이라는 도구를 판다. 이것은 "찌찌찌찌 찍찍", "짹짹" 하는 작은 새들의 울음소리를 내는데 숲에서 사용하면 여기저기 높은 가지에서 작은 새들이 화답하는 소리를 들을 수 있다. 나는 질릴 틈도 없이 계속 소리를 내면서 작은 새들과의 대화에 푹 빠져 든다.

최근에는 대나무 세공 가게에서 일명 '부엉이 피리'를 구입했다. 그다지 큰 소리를 내지는 못하지만 "부엉 부엉" 하면서 정말 부엉이와 흡사한 소리를 낸다.

한동안은 일이 바빠서 캠핑할 기회가 없었는데 일이 어느 정도 일단락되면 숲속에 텐트를 치고 한밤중에 부엉이를 불러보고 싶다. 만일 칠흑 같은 숲속 어딘가에서 부엉이의 대답이 들려온다면 얼마나 환상적일까?

아마도 혼자 흥분해서 아침까지 술을 마시면서 "부엉 부엉" 피리를 불어대겠지.

"아하하하하!"

지금 원고를 쓰는 이 순간에도 까마귀는 창밖에서

유쾌한 웃음소리를 내며 인사한다. 오늘도 진지한 장면 쓰기는 틀린 것 같다.

°   당연한 것일수록

한 모금씩 음미할 것

집에서 걸어서 몇 분이 채 안 되는 곳에 조용하고 아늑한 카페가 있다. 항상 웃는 얼굴로 맞아주는 선한 인상의 노부부가 운영하는 곳이다. 브랜드 커피, 콜드브루, 카페라테, 가벼운 식사 메뉴도 모두 맛있는 데다 내 소설의 팬이라는 말을 들은 후로는 자연스럽게 단골이 되었다.

글을 쓰다 피곤할 때면 훌쩍 들러보거나 언론사 인터뷰를 이 카페에서 촬영하는 일도 종종 있다. 인터뷰를 끝내고 "참 좋은 곳이네요"라고 칭찬을 받기라도 하면 괜스레 으쓱해져서 나도 모르게 "감사합니다"라고 고개 숙여 인사한다.

올여름에도 평소처럼 카페에 들렀는데 문이 닫혀 있었다. 어? 내가 휴일을 잘못 알고 있었나. 뒤돌아서려는데 셔터에 붙어 있는 작은 메모가 눈에 들어왔다.

'주인장이 요양 중이라 6월 말까지 쉬어갑니다. 7월에 돌아오겠습니다.'

순간 머릿속이 멍해져서는 크림색 셔터 문 앞에 목석처럼 우두커니 서 있었다. 한 달이나 문을 닫아야 하는 상황이라면 심각한 일이 생긴 게 틀림없다. 지병? 사고? 수술? 걱정되는 마음에 이런저런 상상을 하다 한숨을 쏟아냈다. 그나마 7월부터 다시 연다는 희망이 있어 다행이다.

그로부터 6월 한 달은 창밖 너머로 소리도 없이 내리는 장맛비를 바라보며 카페 주인장의 미소를 몇 번이고 떠올렸다.

그리고 돌아온 7월 초, 다시 카페를 찾았다. 하지만 아직도 셔터 문은 굳게 닫혀 있었다. 축 쳐진 어깨로 돌아가려는데 바뀐 안내문이 보였다.

'주인장의 회복이 조금 늦어지고 있습니다. 혹시 모르니 7월 한 달간만 더 쉬어가겠습니다.'

사치스러운 고독의 맛

불현듯 좋지 않은 예감이 스쳤다. 안내문을 다시 찬찬히 읽으며 마음을 다잡았다. '혹시 모르니 7월 말까지'라는 건 8월에는 다시 열겠다는 의미다. 그렇게 믿어야지! 마음을 가다듬고 다시 한 달을 기다리기로 했다.

다시 돌아온 8월, 안타깝게도 셔터는 여전히 굳게 닫힌 채였다. 이번에 새로 붙은 안내문에는 당분간 쉬어가겠다는 말뿐 언제 다시 카페를 열겠다는 말은 없었다.

걱정이 되어 더는 참을 수가 없었다. 나는 주머니에서 휴대폰을 꺼내 일단 카페로 전화를 걸었다. 그랬더니 주인분의 친척이라는 아주머니가 전화를 받았다. 예전에 한 번 카페에서 인사를 나눈 적이 있어서 다행히 나를 기억하고 있었다.

"셔터 문에 붙은 글을 읽고 걱정이 되어서요."

솔직한 마음을 전했더니 아주머니가 입을 열었다. "실은 그게……" 그녀는 조심스럽게 주인 할아버지의 상태를 알려주었다.

전화를 끊고 한참을 앉아서 크게 심호흡을 해야 했

다. 이 원고를 쓰는 지금까지도 카페의 문은 닫혀 있다. 하지만 어떤 상황에서든 주인 할아버지가 회복하기를 기도하면서 기다리고 있다.

다시금 통감했다. 당연한 것일수록 잃었을 때 더욱 더 힘들다는 걸. 그 감사함을 여지껏 느끼지 못하고 있었다니. 손발이 있는 것도, 목소리가 나오는 것도, 소리가 들리는 것도, 공기를 들이 마시고 물을 마시고 전기를 사용할 수 있는 것도, 가족이 있다는 것도 전부 당연한 일이다. 매일 살아가는 것도 마찬가지. 우리는 이렇게 '당연한 것'들 속에서 살아가지만, 그 고마움을 제대로 표현해본 적이 있을까?

이제는 과거가 되어버린 그때, 나는 주인 할아버지가 내려주신 커피를 당연하게 받아마셨다. 그나마 다행인 것은 당연하게 유지되던 것들의 소중함을 이제라도 알게 되었다는 점.

주인 할아버지가 회복해 돌아와 다시 커피를 내려준다면 이제는 전과 다른 마음으로 한 모금 한 모금 음미하리라. 평범한 한 잔의 커피일지라도 진한 행복을 느끼면서.

사치스러운 고독의 맛

그러니 하루 빨리 떨치고 일어나셔서 그 보석 같은
한 잔의 행복을 맛보게 해주시기를.

°

기다림을 행복하게
만드는 법

일을 하거나 쉬면서 누군가를 만날 때는 우선 약속 장소부터 정한다. 내가 가장 좋아하는 장소는 지혜의 보고인 서점이다.

소설, 에세이, 만화, 잡지 등 어느 서가도 설레지 않는 곳이 없다. 그래서 책 구경에 빠져 있다가 약속을 잊어버리기도 한다. 주객이 전도된 셈이다. 게다가 서점에서 오래 기다리게 되면 두 가지 치명적 단점이 있다. 첫째, 지갑을 탕진한다. 둘째, 책을 너무 많이 사버려 가방이 무거워진다. 이 두 가지는 정말 조심해야 한다.

서점에 이어 두 번째로 좋아하는 약속 장소는 카페

사치스러운 고독의 맛

다. 좋아하는 책을 읽거나 음악을 들으면서 혼자 조용히 누군가를 기다리는 시간은 정말 행복하다.

커피를 마시는 것, 안락한 의자가 있다는 것도 기쁘다. 읽고 있던 책의 페이지가 마침 클라이맥스라면 약속 시간에 임박해서 도착한 '죄송합니다. 조금 늦을 것 같습니다'라는 상대의 문자가 오히려 감사할 정도다. 신이 난 나는 기쁜 마음으로 메시지를 보낸다. '정말로 괜찮습니다. 전혀 신경 쓰지 마시고 천천히 오셔도 됩니다.'

내가 좋아하는 세 번째 장소는 기차 좌석과 공항이다. 곧 여행을 떠난다는 기대감에 두근두근 설렌다. 어떤 일이 일어날지 누구를 만날지 상상의 나래를 펼친다. 약속 상대도 같은 마음으로 기다린다. 단, 이 경우는 상대로부터 늦는다는 연락을 받을 때 다른 의미에서 두근두근 심장이 뛴다는 난점이 있긴 하다.

최근에 부쩍 드는 생각은 장소가 어디든 누군가를 기다린다는 자체에 이미 작은 행복이 깃들어 있다는 것이다. 약속 장소에서 기다린다는 것은 누군가가 '나와 만날 약속을 해줬다'라는 의미이기도 하니까.

그곳이 어디든 나를 만나러 누군가가 오기 전까지 행복한 기다림을 즐길 예정이다.

°   위기를 극복하게 만드는
           마법의 말

          이따금 고등학교나 중학교에서 강연 의
뢰가 들어온다. 이야기의 주제는 거의 비슷하다. 내
강연이 가능성으로 넘치는 청소년들에게 용기를 불
어넣어줄 수 있기를 바라지만! 사실 거의 웃다가 끝
나는 경우가 많다. 음, 내 입으로 말하긴 뭣하지만 그
래도 매번 좋은 반응을 얻고 돌아온다.
  얼마 전에도 한 고등학교에서 강연을 마치고 대기
실에서 교장선생님, 학생회 친구들과 함께 담소를 나
누고 있는데 몇 명의 학생들이 떼를 지어 찾아왔다.
잠깐 대기실로 들어오라고 했더니 이때다 싶은지 질
문 보따리를 풀어냈다. 소설가가 되려고 마음먹은

건 언제인지, 책 한 권을 쓰려면 얼마나 걸리는지, 아이디어는 어떻게 생각해내는지 같은 익숙한 질문이 대부분이었다. 그런데 그중 한 학생이 이런 질문을 했다.

"위기를 극복하려면 어떻게 해야 하나요?"

상당히 절실한 눈빛이었다. 들어보니 이 학생은 나름의 위기를 겪고 있다고 했다. 나는 매일이 위기였던 지난날의 경험에서 얻은 조언을 바탕으로 답을 했다.

"위기를 잘 넘기고 나면 지금의 모습과는 비교할 수 없을 만큼 멋지게 변할 수 있어. 위기를 느낀다는 건 가장 많이 성장할 수 있는 기회가 주어졌다는 뜻일지도 몰라."

여학생은 커다란 눈에서 눈물을 한 방울 떨어트리더니 고개를 크게 끄덕였다. 가까운 어느 날 무언가를 극복한 후 어깨를 펴고 학교 복도를 늠름하게 걷고 있을 모습이 눈에 선했다.

'위기는 기회다'라는 말이 관용어처럼 느껴질 만큼 새롭진 않지만, 말이 나온 김에 이 말을 뒷받침할 몇 가지 예를 들어볼까 한다.

우선 '미카와三河의 에디슨'으로 불리는 가토 겐주加藤源重의 일화다. 가토 씨는 일상과 사회생활에서 장애인이 혼자서 활동할 수 있도록 도와주는 다양한 도구인 자조구自助具를 발명해 일본재단상, 문화상 등을 수상한 후천적 장애인이다. 그는 기계공으로 쉰여섯 살의 나이에 실수로 오른손을 절단해 엄지 1cm만 남기고 나머지 손가락을 전부 잃고 말았다. 오른손을 거의 쓸 수 없게 된 가토 씨는 남은 엄지를 최대한 이용하기 위해 스스로 자조구를 고안했다. 그리고 왼손 하나로 만들어냈다. 완성된 자조구 덕분에 가토 씨는 오른손으로 물건을 잡을 수 있게 되었고 발명의 기쁨을 알게 되었다. 이후 다른 장애인을 위한 연구에 힘을 쏟게 되었는데 이것이 미카와 에디슨의 시작이다.

가토 씨와 만나 이런 질문을 한 적이 있다. "지금도 혹시 '오른쪽 손가락이 있었다면' 하고 생각할 때가 있나요?"

그러자 가토 씨는 가볍게 고개를 저으며 "전혀 없어요. 손가락은 없지만 오른손은 나의 보물이에요. 오른손이 나도, 꿈도, 다시 일어날 힘도, 기쁨도 모두 안겨주었거든요. 이 손 덕분에 많은 사람에게 고맙다는 말을 듣는 인생을 살고 있지요.”

손가락이 온전하던 시절의 가토 씨는 아무런 보람도 느끼지 못하고 항상 불평만 많은 하루하루를 보냈다고 한다. 오히려 손가락을 잃게 된 커다란 위기가 인생을 바꿀 더없는 기회가 되어 행복하다고 했다.

1990년 초 일본을 강타한 19호 태풍은 아오모리 현 사과 농가에 큰 타격을 입혔다. 강풍으로 수확 직전의 사과가 거의 떨어져 상해버렸고 많은 농민은 큰 시련에 빠졌다. 그런데 한 농가만은 역발상으로 이 기회를 이용했다. 떨어지지 않고 남은 소량의 사과를 '떨어지지 않은 행운의 사과'로 수험생들에게 판매해 큰 인기를 끈 것이다. 이 역시 위기가 기회가 된 사례다.

또 다른 사례는 '경영의 신'으로 불리는 파나소닉의 창업자, 마쓰시타 고노스케松下幸之助다. 가난한 가정에서 태어나 학교도 갈 수 없었던 그는 훗날 짧은 가방끈이 오히려 행운이었다고 말했다. 제대로 된 학력이 없으니 똑똑한 사람들에게 머리를 숙여 지혜를 빌

사치스러운 고독의 맛

릴 수 있었고 그것을 바탕으로 대성공을 거둘 수 있었다는 것이다.

전 국가대표 축구선수이자 지금도 국내 리그에서 활약하고 있는 나카무라 켄고中村憲剛는 어릴 때 반에서 가장 키가 작은 데다 달리기도 느렸다고 한다. 그는 당시를 떠올리며 이렇게 말했다. "그때 땅꼬마에다 느림보가 아니었다면 정확한 트랩 스킬이나 패스 기술을 열심히 연습하지 않았을 것 같습니다. 프로가 된 지금도 이 두 가지 기술이 최대의 무기입니다." 나카무라 선수는 트랩과 스루패스through-pass의 천재라고 불리며 일본 대표로 활약한 명선수다.

위기와 결점을 기회의 원천으로 만드는 마법의 말을 소개한다. '그렇기에'와 '그럼에도'다. 위기나 결점이 드러났을 때 그렇기에, 그럼에도라고 마음속으로 외쳐보면 이어지는 말이 신기하게도 긍정적으로 흐르게 된다. 그리고 말처럼 행동하면 자연스럽게 바람직한 방향으로 일이 풀리게 되는 것이다.

축구선수지만 땅꼬마에 느림보였기에 트랩과 패스 기술을 연마했고, 배운 것이 없었기에 더 많은 지식을 구할 수 있었고, 오른쪽 손가락을 모두 잃었지만 그럼에도 스스로 할 수 있는 것이 있다고 여겨 다른 사람들의 삶까지 구했다……. 이처럼 두 가지 마법의 말은 탁월한 효과가 있으니 인생에 위기가 찾아왔다면 이 말을 적극 써보기를 바란다.

끊을 수 없는
은밀한 즐거움

　　　　　초·중학교 시절 나는 매일 밤 이불 속에서 한 시간 정도 책 읽기를 즐겼다. 누구에게도 방해받지 않은 채 이야기 속으로 스스륵 빠져들었던 깊은 밤의 고독은 어린아이에게도 은밀한 즐거움이었다.

　그렇게 독서를 마치고 나면 방의 불을 끄고 또 다른 은밀한 시간을 기다렸다. 바로 라디오를 듣는 것이었다. 정확히는 초등학교 6학년 때라고 기억하는데, 용돈을 아끼고 아껴 근처 전자상가에서 AM라디오 하나를 샀다. 소니에서 출시한 손바닥만 한 크기의 라디오였다. 이어폰을 연결해놓은 다음 부모님이 오면 순식간에 머리를 이불 속으로 숨기고 잠든 척 했다.

그렇게 밤새 친구들 사이에서 인기가 있었던 방송을 챙겨 듣고 다음 날 학교에서 방송에 대한 소감을 서로 나누곤 했다.

부모님에게 들키지 않고 몰래 라디오를 듣는 것, 이것이야말로 나의 은밀한 즐거움이었다. 주파수를 맞출 때마다 흘러나오는 지지직거리는 소리를 들으면 지금도 가슴이 뛴다. 요즘은 라디오를 듣는 대신 동영상을 주로 보겠지. 그럼 그것도 친구들과 몰래 공유하며 보려나? 어느 쪽이든 모두가 잠든 깊은 밤에 나만의 세계에 빠져들어 은밀한 시간을 즐기는 것은 누구에게나 즐거움이 아닐까 싶다.

중학교 3학년이 되어 처음으로 내 방을 가지게 되었을 때는 마침 친구가 버리려던 낡은 텔레비전을 넘겨받았다. 지금은 옛날 물건이 된 14인치 브라운관 텔레비전으로 화면에 가로선이 자글자글하게 도드라지는 골동품이었다. 버리려고 할 만큼 오래된 물건이었으니 당연한 것이었지만, 가로선이 심각할 때는 텔레비전을 사정없이 퍽퍽 내리쳐야 했다. 말을 잘 듣는 날은 선이 사라지고 그렇지 않은 날은 정신없이 자글거렸다. 리모컨 같은 문명의 도구는 존재하지도 않았다. 채널을 바꾸려면 플라스틱으로 된 다이얼을 드르륵 드르륵 돌려야 했다. 나는 이 골동품 텔레비전에 이어폰을 연결해 밤이면 밤마다 몰래 어른들이 보는 방송을 봤다.

자주 봤던 방송은 그 이름도 유명한 전설의 심야 방송인 〈투나잇〉, 〈일레븐 피엠〉이었다. 그 방송이 끝나고 이어지는 B급 영화를 무심코 본 적도 있다. 심야에 방영했던 영화는 중학생이었던 내가 보기에도 어이가 없을 정도로 한심한 졸작이었다. 그럼에도 순진한 사춘기 소년은 '중간까지는 재미없어도 결말은 감동적이게 끝날 테니 끝까지 보자'라며 매번 실망을 하면서도 마지막 장면까지 지켜봤다. 엔딩 크레딧이 올라올 즈음에는 창밖에서 참새 소리가 들려오고 멀리서 신문 배달부의 오토바이 소리가 들려오기도 했다. 그럴 때면 어쩐지 묘하게 씁쓸한 기분에 휩싸이곤 했다. 그렇게 바보짓을 하던 중학생 소년이 나 말고도 여럿 있지 않았을까?

며칠 전 야밤에 원고를 쓰면서 문득 그런 생각이 들

었다. 옛날처럼 밤에 몰래 은밀한 즐거움을 마음껏 느끼고 싶다고. 아무도 모르게 나만의 세계에 들어가서 무언가를 즐기는 시간. 치기 어렸지만 순수하게 온전히 즐거웠던 그 순간들. 자주 깜빡하는 나조차도 그때 느꼈던 즐거움만큼은 아직까지 생생하다. 정말 신기할 정도다.

어린 시절에 누렸던 은밀한 즐거움을 여전히 끊지 못해서 지금은 혼자서 한밤중의 드라이브나 바이크 투어를 하고 있다. 텅 빈 심야의 도로를 상쾌하게 달린 후 쉬고 싶을 때는 아무 데나 멈춰 선다. 그리고 캔커피 하나를 사 마신 후 돌아와 다시 원고를 쓰기 시작한다. 이런 어른의 은밀한 즐거움도 나름 괜찮다.

지금 시간은 새벽 1시 5분. 그렇다면 어디 한번 달리고 와서 이어서 써볼까?

°　　　　　나의 상담 상대는

　　　　　　　나

　　　소설가로 일하다 보면 황송하게도 강연
회에서 연설을 의뢰받기도 하고 인생 상담을 부탁받
는 일도 종종 있다. 얼마 전에도 중학교 남학생에게
이런 질문을 받았다.

　"어른이 되면 마음이 더러워진다고 하는데 무슨 뜻
인가요?"

　아마도 이 학생은 주변 어른들에게 이 말을 질리도
록 들은 모양이다. 곰곰이 돌이켜보니 나도 청소년기
에 비슷한 말을 들었던 것 같다. 이 말은 "요즘 젊은
사람들은~"으로 이어지는 말만큼이나 어느 시대에나
어른이 아이에게 말하기 쉬운 상투적인 표현인 듯하

다. 하지만 어떤 아이들에게는 어른이 된다는 건 꿈도 희망도 없다는 살벌한 말처럼 들리기도 할 것이다.

나는 단호한 얼굴로 고개를 저으며 대답했다.

"마음이 더럽혀진 사람은 어른이 아냐. 마음을 갈고닦아 성장한 사람이 어른이지."

그러자 아이는 조금 안심한 듯 가볍게 미소를 지었다. 나는 아이를 보며 덧붙였다.

"반짝반짝 마음을 갈고 닦은 어른도 살아가는 동안은 계속 수행 중이야. 한층 더 반짝이기 위해서는 계속 연마를 해야 하거든."

최근 받은 질문 중에는 이런 것도 있었다. "다른 사람의 인생 상담을 하시는 모리사와 씨도 고민이 생기거나 힘들 때가 있을 텐데, 그때는 누구에게 상담하시요?"

그 질문에 나도 모르게 팔짱을 끼고 천장을 올려다봤다. 그러고 보니 나는 누구에게 상담을 하지? 한참을 곰곰 생각해봤지만, 역시 떠오르지 않는다. 나는 누군가에게 상담을 하고 내 이야기를 털어놓는 사람이 아니다. 물론 무슨 일이 있을 때 의지가 되는 사람

사치스러운 고독의 맛

은 몇 명 있지만, 그들에게 상담하기 전에 우선 스스로 대답을 얻어내려고 한다. 즉 나를 상담해주는 사람은 항상 '나'다. 그것도 나의 머리가 아닌 마음이다.

　무심결에 머리와 상담해버리면 대개 손해와 이득, 효율을 계산한 대답이 나오고 만다. 하지만 마음과 상담하면 감각을 회복하는 것에 더 가까운, 기분을 전환시켜주는 대답이 나온다. 당연하지만 그렇다. 나는 효율적으로 사는 쪽보다는 좋은 기분을 조금이라도 오래 유지하며 살기를 택하고 싶다. 그것이 되도록 내 마음과 상담하려는 이유다.

　생각해보면 예전의 내가 조금은 어른이 된 것 같다고 느꼈던 때도 당장의 이해타산이 아닌 내 감정과 판단을 소중히 여겼을 때였던 것 같다. 타인의 말을 참고로 하고 자신의 마음으로 결정하는 것. 이것이 스스로 잘 판단해왔다고 끄덕일 수 있는 인생을 사는 비결이라고 생각한다.

내 소설은

유서

신간이 나오면 여러 매체에서 인터뷰 요청이 들어온다. 내 작품을 홍보해주는 고마운 분들이니 어느 매체든 어떤 질문이든 진심을 다해 답변하고 있다. 인터뷰에서 자주 듣는 질문은 "딱 잘라 말하면 이번 소설에서 독자에게 가장 전하고 싶은 메시지는 무엇입니까?"이다.

얼핏 들으면 단순한 질문일지 모르겠으나 솔직히 소설가를 울리는 질문 중 하나다. 아직도 들을 때마다 매번 당황하게 된다. 물론 소설을 쓴 이상 전달하고 싶은 확고한 메시지는 있다. 하지만 그 확고한 메시지를 두루뭉술하게 아우르는 이른바 '간결한 말로는 표현할 수 없는 생각'도 듬뿍 담겨 있다. 예를 들면 "다른 사람을 사랑합시다"라는 한 줄의 메시지가 있다고 해도 그 속에는 '그렇게 말해도 사랑할 수 없는 마음이 생기는 것도 인간이며, 그럼에도 사랑을 하게 되는 어리석음이 애틋할 때도 있고, 사랑을 배신해버린 자신을 책망하지 않기를 바라는 마음도 있으며……'같이 설명하기 힘든 애매모호한 생각이 머릿속에서 떠나질 않는다. 처음부터 끝까지 내가 쓴 이야기임에도 가슴 속에서 개운치 않은 무언가가 뒤섞여 완벽하게 말로 표현이 되지 않는다.

사실 '딱 잘라' 한마디로는 표현하기 힘들어서 소설이라는 형태로 전달하려는 것이다. 전하고 싶은 메세지가 한마디로 정리할 수 있는 것이라면 애써 몇 개월이나 시간과 공을 들여 소설이라는 힘든 작업을 할 필요도 없다. 후딱 짧은 표어나 명언을 한두 줄 쓰면 그만이니까. 소설의 좋은 점은 읽는 이가 이야기를 스스로 느낄 수 있다는 것이다. 그렇게 이야기를 따라가는 동안 마음이 촉촉하니 부드러워지면 작가의 의도는 독자의 마음 깊은 곳까지 전달되기 쉬워진다.

나는 항상 이야기를 쓰면서 호시탐탐 독자의 마음이 완벽하게 부드러워지는 순간을 겨냥한다. 그리고는 바로 '여기다!' 싶은 지점에 도달하면 보란 듯이 열쇠가 되는 문장을 투하한다. 그러면 그 한 문장이 방아쇠가 되어 이미 부드러워진 독자의 마음 깊은 속까지 소설의 메시지가 스며든다. 이 과정은 마치 스펀지가 물을 빨아들이는 것처럼 깊고 빠르게 이루어진다.

물론 그 경우에도 작가의 마음속에 있던 '개운치 않은 무언가'도 함께 스며들어 독자도 딱 잘라 말해서, 한마디로 감상을 표현하기는 어려울 것이다. 명확하게 표현할 수 없어도 마음 깊숙한 곳까지 전달된 메시지는 분명 독자의 삶을 풍성하게 만들어줄 것이라 믿는다. 그렇게 믿으면서 글을 쓰고 있다. 나 역시 글을 쓰는 사람이자 독자로서 수많은 좋은 소설을 만났고 마음속에 작가의 생각이 깊게 배어드는 감각을 느껴왔으니까.

자주 받는 질문 중에는 이런 것도 있다. "모리사와 씨는 어떤 생각으로 소설을 쓰시나요?" 이런 질문에는 대개 곧장 답을 하고 있다.

"내 작품을 읽은 다음에는 세상이 조금 더 밝게 다가오기를 바라는 마음으로 쓰고 있습니다."

이 마음은 지금까지 내가 쓴 모든 작품에 빠짐없이 적용했던 규칙이다. 독자는 돈과 시간을 들여서 내 소설을 읽어주는 것이 아닌가. 나는 시간의 가치를 결코 가볍게 생각하지 않는다. 왜냐, 시간이란 그 사람의 생명의 일부이기 때문이다. 게다가 돈은 생명의 일부를 노동으로 바꿔서 얻은 대가이므로 역시 만만치 않은 가치가 있다.

그토록 소중한 것을 선뜻 내어준 것이니 나 역시 그 대가로 아깝지 않은 이야기를 만들어야 한다는 사명감이 있다. 생명의 일부를 내 책에 할애했는데 읽고 난 다음 기분 나쁜 마음이 남거나 절망감을 갖게 되거나 우울해지기까지 한다면 어쩐지 손해를 본 것 같지 않을까? 기왕이면 미래는 반짝거린다고, 인생은 아름답다고 실감하는 쪽이 더 낫지 않을까?

조금 과장하면 내가 쓰는 소설은 '유서'이기도 하다. 언제 죽을지는 그 누구도 모른다. 죽음을 맞이하는 날이 내일이 될 수도 있고, 다음 주가 될 수도 있다. 그래서 사는 동안 내가 하고 싶은 말을 담은 유서로서 소설을 써둬야겠다고 생각했다. 내 생명보다 훨씬 소중한 아이들에게 아버지로서 남겨줄 수 있는 것은 인생을 즐기는 방법이 꽉 들어찬 이야기니까. 한 권 한 권 읽고 난 뒤 아이들이 마주할 미래도 내가 쓴 이야기처럼 반짝거렸으면 좋겠다. 그리고 그런 내용의 유서를 되도록 많이 쓰고 싶으니 부디 계속해서 읽어주면 좋겠다.

나는 소설을 쓰는 일이란 어떤 의미에서 기원을 찾는 행위 같다고 느낀다. 언제나 목과 어깨가 뭉치는 기원이기는 하지만(웃음). 앞으로도 생명이 다할 때까지 차곡차곡 써 내려가도록 하겠다.

파인애플색으로 물든 노부부와
초코 크루아상

　　　　　얼마 전 일하다 잠깐 틈새를 이용해 초
코 크루아상으로 유명한 프랜차이즈 카페인 산마르
크에 들렀다. 창가 자리에 앉아서 초겨울 한낮의 따
스한 햇볕을 맞으며 한 작가의 에세이집을 펼쳤다.

　시간이 얼마나 지났을까, 옆 테이블에 아담한 체형
의 노부부가 앉았다. 조금 굽은 허리, 깊은 주름으로
가려진 작은 눈이 여든 살은 족히 넘어 보였다. 한눈
에도 남루한 옷차림이었다. 플라스틱 쟁반에 놓인 커
피와 초코 크루아상을 옮기기 위해 엉금거리는 모습
이 조금 애처로워 보였다. 그 모든 과정을 마친 노부
부는 작은 테이블을 사이에 두고 얼굴을 서로 마주보

고 앉아 이야기를 나눴다.

"옆집 마당의 귤나무, 올해도 건강해 보이데?"

"아마 손질을 잘해줘서 그럴 게야. 아주 꼼꼼한 사람이거든."

"역시, 마음씨 고운 사람이니 나무에게도 그리 대하는 거지."

노부부의 대화가 무척이나 다정해서 에세이는 펼쳐놓기만 한 채로 그들의 대화에 가만히 귀를 기울였다. 조금 지나자 할아버지가 초코 크루아상을 기분 좋게 입에 넣으며 "이거 맛있구먼"이라고 하자 할머니는 미소를 지으며 대답했다. "정말, 아주 맛있네."

귀가 잘 안 들리는지 목소리는 조금 큰 편이었다. 하지만 파인애플색으로 물든 초겨울의 햇볕을 받아가며 웃는 얼굴로 대화를 즐기는 노부부를 바라보니 나도 모르게 따뜻하고 긴 숨이 흘러나왔다. 짝이란 정말 좋구나. 다정한 이들은 보는 사람의 마음까지도 온화하게 만드는 이상한 힘이 있다.

노부부의 대화와 달달한 크루아상 덕분에 따뜻하게 미소짓는 오후였다.

사치스러운 고독의 맛

스마트폰도
책도 없는 날

휴대폰이 없던 시대에도 큰 불편 없이 잘 살았는데 지금은 휴대폰을 집에 두고 나가기만 하면 큰 실수를 저지른 것만 같다. 급한 업무 연락이 들어오면 어쩌지, 약속시간에 잘 맞춰 가지 못하면 큰일인데. 이런저런 걱정으로 어떻게 하면 좋을지 불안하기만 하다. 정말 소중한 물건은 잃고 나서야 깨닫는다는 말이 있듯이 휴대폰을 잃어버리고 나면 비로소 얼마나 이 작은 기계에 의존해 일상을 보내고 있었는지를 알게 된다.

그런 휴대폰에 필적할 만한, 없으면 우울해지는 물건은 책이다. 나는 잠시 시간이 날 때마다 책을 읽으려고 한다. 이상하게도 일이 바빠지거나 시간이 없을수록 더욱 강하게 독서 욕구가 샘솟는다. 왜 그런지는 정말 모르겠다.

며칠 전 일이다. 저녁에 업무 미팅이 있어서 연재 중인 원고의 마감에 쫓기던 나는 약속시간이 거의 가까워질 때까지 집에서 원고를 쓰고 있었다. 시간이 다 되어 서둘러 집을 나섰는데, 손에는 휴대폰과 책 둘 다 없었다. 그 사실을 알아차린 건 이미 지하철에서 한숨 돌리고 있을 때였다.

큰일이네, 앞으로 한 시간이나 지하철 안에 있어야 하는데. 스스로를 자책하며 한숨을 푹푹 쉬어댔지만 어차피 두고 온 것이니 어쩔 수 없다고 생각하고 사람 구경을 하면서 따분한 시간을 달래보기로 했다.

내 옆에 앉은 젊은 남자는 양손에 게임기를 움켜쥐고 롤플레잉 게임에 집중하고 있었다. 그리고 그 옆의 젊은 여자도 휴대폰 화면에 푹 빠져 있었다. 내 바로 앞에서 손잡이를 잡고 서 있는 사람은 덩치 큰 스모선수였다. 특유의 머릿기름 향이 지하철 안에 풍기기 시작하자 그제야 몇몇 승객들이 스모선수의 존재를 알아차렸다. 냄새로 들키는 직업은 좀처럼 없는데, 하면서 또 다른 승객을 관찰했다. 그때 여행용 가방을 굴리며 눈을 부릅뜬 채 빈자리를 차지하려는 아주머니가 탔다. 이것이야말로 스모의 한판 승부가 아닐까. 아주머니의 기세는 대단했다.

대각선 맞은 편 자리에는 흔들리는 지하철 따위는 가볍게 무시하고 자연스럽게 마스카라를 바르는 여성이 있고, 현악기 케이스를 무릎 사이에 끼우고 악보를 주시하는 앳된 대학생이 있다. 지하철 한 칸에서 즐기는 이 혼돈의 시간. 역시 세계는 즐길 거리로 넘쳐나고 흥밋거리는 동이 나지 않는다. 그와 그녀들의 일상을 상상하다 보니 벌써 30분이나 지나버렸다.

그런데 상상을 초월한 전개가 펼쳐진다. 내 옆에서 게임을 하던 청년과 그 옆에서 핸드폰에 빠져 있던 여자가 갑자기 달라붙어서 이야기를 시작하는 것이다. 대화하는 것을 들어보니 둘은 커플임이 틀림없다. 30분이나 말도 안 섞더니! 당황스럽다. 그러면서 역에 도착하니 들고 있던 게임기와 핸드폰을 가방에 넣고 정답게 팔짱을 끼면서 내렸다. 재밌는 커플이

내리고 다음으로 바로 앞에 서 있던 스모선수가 스모 경기장인 국기관国技館이 있는 료고쿠역両国駅에서 내렸다. 거대한 몸에 가려져 있던 나의 시야도 트였다.

빨간색으로 머리를 염색하고 레이스와 프릴이 달린 드레스를 입은 소녀, 같은 옷을 입은 쌍둥이 자매와 젊은 엄마, 썩은 감이라도 씹은 듯한 얼굴을 하고 극우계열 잡지를 읽고 있는 아저씨 등 각양각색의 사람이 눈에 들어왔다. 내 호기심과 상상의 나래는 훨훨 더 멀리 날아다녔다.

가끔은 핸드폰과 책이 없어도 괜찮네. 그러면서 옆에 앉은 남자 회사원이 펼친 책을 혹시 하는 마음에 흘깃 쳐다봤다. 아쉽지만 이번에도 내 책은 아니었다.

。 영업하지 않고
파는 법

　　　　"오사카로 꼭 초대하고 싶네."

　며칠 전 동년배 작가인 친구에게 연락이 왔다.

　"갑자기 오사카?"

　이유는 세 가지란다. 첫 번째는 나와 함께 강연을 하고 싶어서, 두 번째는 회원제로 운영되는 복어 요리점에서 식사를 대접하고 싶어서, 세 번째는 나에게 F 씨라는 멋진 사람을 소개해주고 싶어서.

　세 가지 이유가 모두 대단하달까(특히 복어 요리). 물론 가장 기대되는 것은 역시 그 친구다. 두 번 거절하기는 미안해서 마지못해 복어를 먹으러 오사카로 향했다.

결과부터 얘기하자면 친구와의 강연은 웃음이 끊이지 않을 정도로 성황리에 잘 마쳤고, 복어 요리도 정신을 못 차릴 정도로 맛있게 먹었다. 그리고 나는 F 씨에게는 홀딱 반해버리고 말았다.

  F 씨는 30대라는 젊은 나이에 직원만 150만 명인 보험회사의 영업왕으로 2년 연속 매출 국내 1위의 기록을 가진 사람이었다. 게다가 지금까지 단 한 번도 영업을 하지 않은 채 기록을 세웠다는 이야기를 듣고 깜짝 놀랐다. 보험을 팔면서 영업을 하지 않는다니. 이게 있을 수 있는 일인가? 도대체 비결이 무엇일지 궁금해졌다. 그래서 대놓고 물어보았다.

  "대체 어떻게 한 건가요?"

  그러자 F 씨는 반짝반짝 빛나는 미소를 지으며 이렇게 대답했다.

  "하루에 세 명의 사람을 만나서 그 사람들에게 웃음을 안겨주자, 그렇게 다짐하고 제가 할 수 있는 일을 했어요. 정말 그것밖에 없습니다."

  예를 들어 상대의 고민을 경청한다거나, 꿈을 응원한다거나, 곤란한 일이 있으면 도와준다거나. 다시 말해 F 씨는 누구나 할 수 있는 정말 사소한 일을 꾸준히 해왔던 것이다. 그랬더니 상대방이 먼저 "F 씨한테 보험을 들고 싶어요"라며 다가왔고 그 고객들이 다른 고객을 데려오고 새로운 고객들이 또 새로운 고객을 데려오면서 실적이 쌓이게 된 것이다.

그러는 사이에도 F 씨는 그저 '눈을 마주치는 사람에게 웃어주기'에 여념이 없었고 그렇게 F 씨의 고객수는 1,000명을 넘어 매출 1위가 되었다고 한다.

150만 명 가운데에서 실적이 톱이니 수입도 껑충 뛰어올라 월급이 1억 엔을 넘는다고 한다(연봉이 아니라 월급이라니!). 하지만 F 씨는 결코 억만장자처럼 행동하지 않았다. 오히려 주변에서 흔히 마주칠 수 있는 느낌의 자상한 훈남 오빠처럼 보였다. 그런 분위기도 아마 사람들의 마음을 움직인 이유이지 않을까 싶다.

F 씨는 보험 영업을 시작했던 때를 떠올리며, 이런 이야기도 들려줬다.

"하루 세 명으로 치면 1년 동안에는 1,000명 가까운 사람에게 웃음을 줄 수 있다는 거잖아요. 그렇게 생각하니 왠지 제가 더 설레고 매일이 즐거워지더라고요."

다른 이의 미소가 곧 나의 행복이라는 사람. 순수한 마음을 가지고 살아가는 F 씨는 금전적으로 풍족한 것 이상으로 마음이 부자인 사람이다. 그렇기 때문에 1,000명의 사람들에게 웃어줄 생각에 가슴이 설레고 매일이 즐거운 것이겠지.

따지고 보면, 애초에 영업이란 그런 게 아닐까 싶다. 기쁨을 준 대가로 돈을 받는 것. 상대에게 웃음을 주는 만큼 부를 얻게 된다는 F 씨의 소신은 영업의 정석이자 실패하지 않는 성공법인 듯하다.

마지막으로 여러분에게도 도움이 되는 F 씨의 매일 아침 거르지 않는 습관을 소개한다.

우선 아침에 일어나자마자 바로 뜨거운 물로 샤워를 한다. 그냥 물이 아니라 '반짝거리는 행복'을 맞이한다는 상상을 하며 샤워한다. 그러고 나서 몸이 따뜻하게 데워지면 다음과 같은 한마디.

"아아, 나는 행복해."

이렇게 말하고 계속해서 마음속으로 중얼거린다.

그러다 땀이 나면 몸 안에서 행복이 흘러나온 것이라 여긴다. "좋았어, 오늘도 흘러넘칠 정도의 이 행복을 만나는 사람들에게 조금씩 나눠주자"라고 결의를 다진다. 그리고 미소를 지으며 욕실에서 나온다. 이렇게 아침을 맞이하면 누구나 행복한 기분으로 하루를 보내게 될 것이다.

그래서 나도 F 씨를 따라 이제부터 아침마다 행복의 샤워를 해보려고 한다. 억만장자가 되지 못한다 해도 매일이 조금씩 행복해진다면 그것대로 충분히 멋진 일이니까!

° 한겨울에
하와이언 셔츠

2월 초순인데 갑자기 기온이 19도까지 올랐다. 게다가 쾌청하기까지 하다. 오늘 같은 날 집에 있는 건 반칙이니 원고 쓰기를 잠시 멈추고 마음에 드는 새 운동화를 신고 밖으로 나간다. 선글라스를 끼고 티셔츠 한 장만 걸친 어설프게 멋 부린 차림으로. 2월에 이런 차림으로 다닐 기회는 자주 오지 않으니 말이다.

길가에는 활짝 핀 수선화가 매력을 발산하고 사찰 근처의 비탈길에는 벚꽃이 흐드러지게 만발했다. 그 벚꽃이 2월 겨울 하늘과 절묘한 대비를 만들고 있어서 휴대폰으로 사진을 남겼다.

사치스러운 고독의 맛

역 앞까지 걸어가니 많은 사람들이 우왕좌왕 엇갈리고 있었는데, 역시나 티셔츠 한 장만 걸친 채 활보하는 사람은 나밖에 없었다. 사람들은 대부분 2월이라는 계절의 상식에 맞게 점퍼나 코트를 갖춰 입고 손수건으로 흐르는 땀을 닦는 모습이었다. 실제 기온은 초여름과 같지만 주변 사람들에 맞추느라 2월다운 두꺼운 차림을 하게 된 것이다. 그런 보수적인 사고방식은 역시나 마음에 안 든다.

그러면서도 여기가 하와이인가 싶을 정도로 눈에 띄는 내 차림이 어쩐지 조금 부끄러웠다. 하지만 이걸로 만족한다. 이 순간 초여름을 느끼게 하는 느슨한 바람을 누구보다 기분 좋게 맞으며 즐기는 사람은 오직 나뿐이니까.

돌아오는 길에 편의점에 들렀다. 계산대 옆에서 파는 닭튀김과 캔맥주를 사들고 파란 하늘을 모자처럼 쓰고 가벼운 발걸음으로 성큼성큼 집으로 향했다. 그리고는 집 안으로 들어가는 대신 일부러 마당으로 나갔다. 겨우내 시든 잔디를 지나쳐 조금씩 푸르게 돋아나는 풀 쪽에 자리를 잡고 앉아서 아직 따끈한 닭튀김과 함께 맥주를 벌컥벌컥 들이켰다.

"캬아!"

마당에 자라나는 빨강올벚나무를 자세히 보니 작고 단단한 꽃봉오리가 가득 맺혀 있었다. 이제 곧 봄이 오겠구나.

오른손에 캔맥주, 왼손에 닭튀김을 쥐고 마음껏 기지개를 켰더니 벚꽃 가지에 두 마리의 박새가 놀러왔다. '우리 집 마당에 어서 와!' 마음속으로 속삭이면서 2월에 마신 것 중 가장 맛있는 맥주를 시원하게 삼켰다.

。   유유상종,

　나를 보여주는 거울

　　　12년 전에 쓴 데뷔 소설《바다를 품은 유리구슬》이 수차례 증쇄를 이어가게 되었다. 너무 기쁜 나머지 '여러분 덕분에 스테디셀러가 되었습니다'라고 SNS에 감사의 글을 올렸더니 믿기 힘들 정도의 '좋아요'와 댓글이 달렸다.

　진심으로 행복하고 고맙다. 이렇게 메시지를 주신 분들은 타인의 행복을 진심으로 기뻐하는 사람이지 싶었다. 그런 사람이 곁에 많다는 건 자랑할 만한 일이다. 유유상종이라는 말이 있듯이 그런 사람이 주변에 많은 건 분명 나 자신도 다른 사람의 행복을 기뻐하는 사람이라는 뜻일 테니까.

그런데 세상에는 행복하게 보이는 사람, 반짝거리는 사람을 보고 기분 나빠하는 사람이 있다. 타인을 자신과 비교해서 자신에게 부족한 부분에만 초점을 맞추는 성향이 강하기 때문일 것이다. 그런 사람들은 대부분 자신을 싫어하고 자신감이 없는 편이다. 스스로 사랑하지 못할 정도로 자신감이 없기에 빛나는 사람과 비교당하는 것이 두려워서 그런 사람들과 멀리 떨어진다. 그리고 편하게 곁에 있을 수 있는, 빛나지 않는 사람들과 무리를 짓게 된다.

　그 무리 안에서 빛나는 사람의 험담을 하거나 쌓였던 스트레스를 바깥으로 꺼내놓는 데 급급해 내면의 초라함은 들여다보지 않으려고 한다. 나 역시 이런 경험이 있어서 누구보다 그 마음을 잘 안다. 하지만 타인을 나쁘게 말하는 사람은 표정에서도 어둡고 음산한 기운이 느껴진다. 그들이 뱉는 험한 말은 듣는 사람의 마음을 다치게 하고 주변을 불쾌하게 만들어버린다. 그렇게 되면 누구도 반기는 사람이 없으니 험담하는 자신을 더 싫어하게 되는 악순환이 되는 것이다. 스스로 남을 헐뜯는 내가 좋다고 생각하진 않을 테니까.

결국 빛나는 사람들이 한층 더 빛나는 존재처럼 느껴져 점점 다가갈 수 없게 되어버린다. 디플레이션처럼 이어지는 악순환, 헤어날 수 없는 구덩이에 빠지고 만다.

한편 타인의 행복을 기뻐하는 사람들은 자신에게도 타인에게도 긍정적인 기운을 퍼트리는 사람이 많다. 경제적으로 넉넉하지 않아도, 사회적 지위가 낮아도 있는 그대로 자신을 사랑하고 주위를 아끼므로 항상 표정도 밝고 긍정적이다. 마음에 여유가 있으니 사소한 일로도 사람들을 웃게 만든다.

그런 사람은 가만히 두어도 스스로의 인생을 빛나게 만든다. 자신보다 빛나는 멋진 사람에게는 "멋져요!", "최고!", "저도 언젠가 그렇게 되고 싶어요!"라면서 솔직하게 표현하고 그들의 장점을 받아들이고 배울 점을 생각한다. 열등감을 느끼기는커녕 오히려 행복함을 느끼는 것이다. 자신이 빛나면 행복하고, 타인이 빛나도 행복하다. 어느 쪽이든 행복할 수 있다면 무조건 이득이지 않은가?

이렇게 빛나는 사람은 상대의 좋은 점을 발견하는 특기가 있어서 험담보다 칭찬을 한다. 칭찬을 받으면 기분이 좋아지니 그 답례로 칭찬해준 사람의 좋은 점을 찾아서 서로 칭찬한다. 자신을 더 나은 사람으로 갈고 닦으며 행복한 친구들을 더 많이 사귀게 되고 좋은 정보를 나눈다. 한층 더 나은 방향으로 서로를 이끌면서 인생을 빛나게 만든다.

　이런 식의 양극화가 유유상종으로 연결되어가는 것이겠지. 한 번의 인생, 기왕이면 빛나는 사람들과 함께 즐기면 좋으리라.

행복을 뿜어내는

첼로 콘서트

　　반갑게도 일본의 유명 첼리스트 가시와기 히로키柏木広樹 씨와 친분을 쌓게 되었다. 소설《반짝반짝 안경》이 영화화되었을 때 가시와기 씨가 엔딩 곡인 'Reminiscence회상'의 연주를 맡아주면서 인연이 된 것이다. 바이올리니스트 하카세 타로葉加瀨太郎 씨와 피아니스트 니시무라 유키에西村由紀江 씨도 작업에 함께 참여해주었다. 이름만 들어도 화려한 협연이다.

　가시와기 씨와 나는 나이도 한 살 차이인 데다 맛있는 생선을 즐긴다는 다소 독특한 취향이 맞아서 처음 만났을 때부터 금세 친해졌다. 솔직히 만나자마자 바로 '아, 이 사람과는 너무 잘 통해!'라고 확신이 들었던 몇 안 되는 사람이다. 여담으로 나는 소설가 친구는 적은데 어쩐지 뮤지션 친구는 많은 편이다. 이유는 모르겠다.

　며칠 전 가시와기 씨 콘서트에 초대를 받아 콘서트홀이 있는 시부야로 향했다. 가시와기 씨의 솔로 연주로 시작된 콘서트는 첼로 2인조, 첼로와 기타, 첼로와 피아노 그리고 첼로와 밴드 연주 등 다양하게 구성되어 있었다. 클래식부터 로큰롤까지 모든 장르가 다채롭게 잘 짜여 있었는데, 그 사이에서 첼로는 주연도 조연도 될 수 있는 가치가 높은 악기였다. 그래서인지 그 매력에 더욱 푹 젖어들 수밖에 없었다.

　가시와기 씨는 물론 밴드의 연주는 가히 환상적이었다. 나는 그들이 만들어내는 음을 귀로 들으며 머릿속으로는 풍경을 펼쳐냈다. 몸은 바람을 느끼고 지금껏 가보지 못했던 미지의 세계로 여행을 떠나는 것 같은 기분이었다. 콘서트가 끝날 무렵 여행을 마치며 나도 모르게 행복한 한숨을 내쉬었다. 마치 잊지 못할 여행에서 돌아왔을 때 느껴지는 그런 감정이었다.

프로 중의 프로가 연주하는 음악에는 이토록 커다란 울림이 있구나, 새삼 감동했다.

콘서트 때 연주자를 가만히 바라보는 것을 좋아하는데 가시와기 씨는 볼 때마다 항상 행복한 표정으로 연주한다. 스스로 소리를 만드는 일에 흠뻑 젖어 마치 자신이 만든 음률을 감상하듯 기분 좋은 미소를 지으며 연주한다. 첼로라는 악기를 연주하는 것 자체가 너무 행복해서 자신도 모르게 그런 기운을 뿜어내는 것 같다. 연주 중에 그가 뿜어내는 행복한 기운이 밴드의 연주자들에게도 옮아가 행복감은 몇 배로 증폭된다. 그것이 보이지 않는 수많은 음표가 되어 넓은 객석에 쏟아져 내리는 것이다. 그런 콘서트였다.

역시 프로의 연주는 굉장하다. 나도 프로로서 멋진 문장을 연주해 많은 사람의 마음을 움직이고 싶다. 아니 '움직이지 않으면 안 된다!'는 투지가 불타올랐다.

콘서트가 끝나고 가시와기 씨와 담소를 나눌 때 예상치 못한 사건이 일어났다. 그가 "모리사와 씨의 소설의 테마송을 만들어드릴게요"라고 약속한 것이다.

이런 건 절대 놓치면 안 되지. 또박또박 잘 써두었다가 이 원고를 증거로 삼아야겠다.

악플에
대응하는 법

인터넷이 보급되기 전 소설가와 독자를 연결하던 주된 수단으로는 팬레터가 있었다. 사실 그것뿐이었다. 나도 예전에 좋아하던 소설가가 있어서 몇 번이나 팬레터를 쓰려고 펜을 들었지만, 정작 책상 앞에 앉아 편지지를 앞에 두면 어찌된 것인지 망설여졌다. '스타 작가니까 어차피 안 읽지 않을까?' 이런 생각 때문에 결국 보내지 못했다. 고백컨대 쓰지도 않았다.

하지만 이렇게 소설가가 되어보니 팬레터가 얼마나 반가운 것인지 절실하게 느낀다. 팬이 보내주는 편지는 하나도 빠짐없이! 열심히 읽는다. 팬들의 편지에는 소설가를 응원해주는 에너지가 담겨 있다. 소설가는 독자가 상상하는 이상으로 뼈와 살을 깎아내는 고통을 느끼면서 원고를 쓴다. 그래서 '재밌었어요', '읽고 인생이 달라졌어요', '크게 감동받았습니다', '응원합니다!' 같은 짧은 메시지에도 큰 위로를 받는다.

마치 사막을 떠도는 방랑자에게 물 한 잔을 건네주는 것과 같다고나 할까. 아주 가끔 '이게 뭐지?'라고 느껴지는 편지가 있어서 힘이 빠지기도 하지만, 팬에게 오는 편지는 대부분 글을 쓰는 데 큰 힘이 된다. 감사한 마음이 들어 답장을 보내려고도 노력한다.

인터넷 시대인 요즘은 SNS 메시지를 통해 감상문이나 응원의 말을 받는 일이 많아졌다. 덕분에 예전과 달리 소설가와 독자의 거리가 단숨에 가까워졌다. 독자는 검색으로 쉽게 소설가를 찾고, 편하게 글을 남기면 그 메시지가 소설가에게 바로 전달된다(물론 SNS를 하지 않는 소설가도 있지만). 소설가 입장에서는 메시지에 '좋아요'를 누르는 것만으로도 기쁘다. 때때로 눈물이 날 정도로 감동적인 말을 받거나 하면 이런저런 감사의 말을 길게 써서 답장을 보내기도 한다.

글을 쓰다 지쳤을 때 자주 인터넷으로 '이름 검색'을 한다. 검색창에 내 이름을 넣고 나에 대한 평을 찾아보는 것이다. 주변 사람들은 그만하라고 하지만, '글발'을 돌게 하는 데 그만한 약이 없어서 늘 유혹에 걸려들고 만다.

그런데 팬레터나 독자로부터 받는 메시지와 달리 이름을 검색해서 나오는 평은 무조건 긍정적이지만은 않다. 내 경우는 다행히도 대개 9할 정도는 긍정적인데, 남은 1할은 좀 부정적이다. 1할이라고는 해도 부정적인 말이 가진 에너지가 너무 커서 긍정적인 말에서 어렵게 얻은 '글발'을 통째로 빼앗기기도 한다. 빼앗기는 수준에 그치면 다행인데, 가끔은 독이 될 때도 있다. 그럴 때는 한동안 마음에 상처를 입는다. 읽지 않았어야 했다고 후회를 해봐도 이미 돌이킬 수 없다. 회복하기 위해 마음을 다잡고 산책을 하거나, 친구와 수다를 떨거나, 웨이트 트레이닝을 하거나, 코미디 방송을 보는 수밖에.

이름 검색을 그만두라고 조언해주는 사람은 이런

부정적인 말의 위력을 아는 사람들이다. 그들은 인터넷상의 무책임한 비판에 흔들리다 보면 작가가 본래 가지고 있는 잠재성을 잃어버리게 되어 좋지 않다고 말한다. 일리가 있는 말이다. 소설을 쓰는 내내 비판을 당하지 않을까 걱정하다 보면 흔해빠진 세계관으로만 이야기를 만들게 될 테니까.

얼마 전에 친하게 지내는 영화감독과 술을 마셨을 때도 이름 검색에 대한 화제로 이야기가 한층 달아올랐다. 그 감독도 나처럼 이름을 검색하는 쪽이었는데 부정적인 리뷰를 만났을 때의 대응이 나와 너무나 달라서 놀라웠다.

감독은 웃으면서 이렇게 말했다.

"나쁜 리뷰를 보면 그 화면에 대고 '시끄러. 이 멍청아, 멍청아. 너 같은 게 내 영화의 가치를 알 리가 없지. 이 멍청아!' 하면서 한바탕 퍼붓고 개운해해요."

와, 진정 최고의 방법이다. 긍정적인 리뷰에서는 긍정적인 에너지를 얻고 부정적인 리뷰에서는 '멍청이, 멍청이'로 응수한다. 게다가 화면을 향해 말하니까 누구에게도 상처를 주지 않는다는 게 장점.

이 말을 듣고 나는 이 감독이 갑자기 더 좋아졌다. 무턱대고 솔직한 데다 인간미가 느껴져서 정이 가는 사람이다. 언젠가 내 작품을 영화로 만들어줬으면 좋겠다. 그리고 개봉날 함께 술을 마시며 리뷰를 체크하면서 기뻐하기도 하고 "멍청이, 멍청이"라며 욕을 퍼부으면서 낄낄거리고 싶어졌다.

°   솔직하면
         강해진다

　　　나의 자랑은 자랑할 만한 친구가 많은
것이다. 그중에서도 진심으로 존경하는 친구 중 한
명은 니치렌슈日蓮宗(일본 불교의 한 종파)의 스님인 다
키모토 고세이瀧本光静 씨다. 승려 중에서도 힘든 수행
을 겪어 고승이라 불리지만, 고세이 스님은 소박하
기 그지없고 사투리를 섞어가며 농담을 건네는 유쾌
하고 친근한 사람이다. 설법을 할 때도 웃다 지칠 정
도로 재미있는데 그러다 어느새 감동의 눈물을 뚝뚝
떨구게 한다. 그래서 전국 방방곡곡에서 강연 의뢰
가 쇄도하는 유명인사다. 자랑할 만한 친구임에 틀
림없다.

그런데 며칠 전 고세이 스님이 "창코나베ちゃんこ鍋 (생선이나 야채 등을 큼직하게 썰어 냄비에 넣고 끓여 먹는 탕으로 본래 스모선수들이 즐겨먹는 요리) 먹으러 가자!"며 식당이 아닌 가타오나미베야片男波部屋라고 하는 스모협회에 가자고 했다. 이런 기회는 자주 오는 것이 아니니 나는 흔쾌히 좋다고 대답했다(당시 자랑하고 싶은 또 다른 친구인 만화가 야마다 레이지山田玲司도 함께였는데 그에 대해서는 언젠가 다시 소개하겠다). 그렇게 스모협회에 초대받아 맛있는 창코나베를 사양하지 않고 잘 얻어먹으면서 감독에게 물었다. "센 사람과 약한 사람의 차이는 한마디로 뭘까요?" 그러자 감독은 지체 없이 바로 답했다.

"그것은 솔직함이겠죠."

타고난 체격도, 뛰어난 운동신경도 아닌 수용적인 태도와 솔직함이 가장 중요하다고 한다. 말하자면 수용적이면서 솔직한 선수는 감독의 충고는 물론 선배나 다른 사람들의 조언을 경청하고 진지하게 받아들여서 조언대로 시도해본다는 것이다. 이런 시도들이 쌓여 큰 실력의 차이를 가져온다고 한다. 여러 시도를 해본 결과 그것이 성공했을 때 한 단계 더 강해진다. 많이 시도해서 많은 성공을 이루게 되면 급성장한다. 반대로 실패한다고 해도 상황 수용을 잘하는 선수는 '역시 이렇게 하니까 실패했군!' 하면서 새로운 배움을 습득해 실전에서 같은 실수를 하지 않게 된다. 즉 자신만의 경기를 만들어낼 수 있는 능력을 갖추게 된다.

시도해서 성공하면 성장하고 실패해도 배움으로 성장한다. 열린 마음으로 배우는 선수는 성장을 거듭하지만, 배울 마음이 없는 선수는 타인의 말에 귀 기울이지 않고 시도할 생각도 하지 않는다. 따라서 성장하기가 힘들고 선수로 데뷔하지 못한 채 사라지는 경우가 많다고 한다.

"와, 역시 감독님. 최고네요. 그건 삶에서도 마찬가지지요!" 고세이 스님은 기쁜 마음에 손뼉을 치며 역시 승려가 되기 위한 수행도 마찬가지라고 했다.

그렇다면 나의 자랑스러운 친구들은 모두 수용적이고 솔직한 사람들이었나? 이런 생각을 하며 솔직한 심정으로 이렇게 말했다.

사치스러운 고독의 맛

"감독님, 한 그릇 더 먹고 싶습니다!"

솔직하게 말한 덕분에 평생 한 번 먹을까 말까 할 창코나베를 후회 없이 먹었다. 역시 솔직함이 최고야!

우체통이 주는
소소한 즐거움

계약서는 항상 어렵다. 그래서 꺼려진다. 읽기 전부터 나도 모르게 한숨이 나올 정도인데 계약서는 왜 그렇게 작은 글씨여야 하는지, 또 어려운 표현이여만 하는지 모르겠다.

○○출판을 갑으로, 모리사와 아키오를 을로 한다. 이렇게 표기할 필요가 있을까? 갑을병정이란 단어를 쓰지 않고 ○○출판, 모리사와 아키오만 써도 조금 더 읽기 쉬워지고 내용도 훨씬 이해가 잘 되고, 또 잘못 읽히는 일도 없을 텐데 말이다. 여기다 불평을 한들 뾰족한 수는 없지만.

내가 쓴 소설은 놀랍게도 시험 문제의 지문이나 교

재에 자주 쓰이는데 주로 국어 시험 독해 지문으로 사용된다. 한 번 사용할 때마다 새로운 사용허가서나 계약서가 각 회사로부터 날아든다. 그래서 매번 꼼꼼히 읽고 서류에 사인한 후 원고 사용료 입금 계좌, 연락처 등을 정확히 기입해 우편으로 발송하지 않으면 안 된다. 한두 통이면 일도 아니겠지만 1년에 30통 정도가 온다는 게 문제다. 허가 의뢰를 일일이 승낙하기 위해 대체 몇 번이나 우체통으로 향해야 하는지.

실은 계약서를 읽는 것은 꺼려져도 '일일이 우체통으로 향하는 것'은 좋아하는 편이다. 계속 글만 쓰면서 지루해질 때 기분 전환이나 산책할 기회라고 생각하려고 한다. 그렇게 생각하고부터는 귀찮은 서류가 도착하는 것이 오히려 '산책할 기회'처럼 느껴진다. 뭔지 모를 내용이 잔뜩 적힌 서류를 들고 어슬렁어슬렁 우체통까지 걸어가면서 몇 번씩 하늘을 쳐다보고 심호흡을 한다. 화창한 날씨라도 찌푸린 날씨라도 그렇게 한다(아, 비 오는 날만 빼고). 그럼 마치 폐에 쌓인 노폐물을 씻어내는 것처럼 기분이 상쾌해진다.

서류를 우체통에 넣고 나서 조금 더 걸어가 편의점

에 들른다. 맛있어 보이는 디저트를 하나 사들고 들어와 여유롭게 티타임을 즐긴다. 아니면 산책하는 길에 마음에 드는 카페에 들러 케이크 세트를 먹어보기도 한다. 이러한 소소한 즐거움이 하나 있는 것만으로 그날의 행복지수는 확실히 높아진다.

심지어 디저트나 케이크 세트를 사 먹는 돈은 원고 사용료에서 나갈 것이니 덤으로 얻은 행복인 셈이다 (참고로 원고 사용료는 상상하는 것보다 훨씬 저렴하다는 것을 밝혀둔다).

그런 이유로 나는 오늘도 사용허가서를 들고 우체통으로 향했다. 맑게 갠 낮 하늘도 상쾌한 초여름의 바람도, 길가에 핀 잡초의 싱그러운 초록빛도 지나칠 수 없어서 휴대폰으로 사진을 찍었다. 그리고 문득 이런 생각이 들었다. 이렇게 아무렇지 않게 사진을 찍는 순간이야말로 당연한 일상이면서 작은 행복을 발견한 순간이구나.

SNS에서는 많은 사람이 너도나도 사진을 보여준다. 그 피사체는 침대가 되기도 하고 아이의 웃는 얼굴, 아름다운 풍경, 먹음직스러운 요리일 때도 있다.

사치스러운 고독의 맛

각양각색의 사진은 그들의 삶 속에서 발견한 작은 행복을 담은 기념 사진이다. 그렇게 생각하고 사진을 들여다보니 나조차도 행복한 기분이 된다.

세상은 여전히 작은 행복으로 넘쳐난다. 중요한 것은 그것을 지나치지 않고 느끼는 것이다. 행복은 생기는 것이 아니라 느끼는 것이라는 좋은 말이 있듯이.

오늘은 우체통에 서류를 보내고 편의점에서 컵에 든 바닐라 아이스크림을 샀다. 여름이 성큼 다가오고 있다. 여름휴가여, 어서 오기를!

°　　　　　드라마 대사의

　　　　　　저주

　　　　　최근 인터뷰에서 우연히 공통된 질문을
받았다. "모리사와 씨, 어떤 계기로 소설가가 되셨나
요?"

　음, 계기라고 하니 기억을 더듬어본다. 가장 먼저
떠오르는 것은 고등학교 때다. 그때의 나는 글을 써
서 먹고살면 좋겠다 정도의 생각이 있었다. 그 생각
은 꿈도 목표도 아닌 단지 동경이었다. 당시의 나는
글 쓰는 사람이 되는 건 무리일 거라며 일단 부정적
이었다. 그 이유는 당시 인기 드라마였던〈남녀 7인
의 여름 이야기〉때문이다. 그 드라마에서 오오타케
시노부大竹しのぶ 씨가 연기한 주인공 모모코가 논픽션

작가가 되는 것이 꿈이라고 고백하자 친구 역할인 이케가미 키미코池上季実子 씨가 이렇게 설교한다.

"작가가 되려면 평범한 재능으로는 불가능해."

고등학교 2학년이었던 나는 그 장면을 보면서 '아, 역시 그렇구나. 천재로 태어나야 작가가 될 수 있는 거였어'라며 드라마 대사를 그대로 믿어버렸다. 그리고 나의 가능성을 계속 부정하면서 대학을 졸업하고 출판사에 입사해 잡지 편집자가 되었다. 작가는 되지 못했지만, 작가와 함께 책을 만드는 일은 가능하지 않을까 싶었으니까. 실제로 편집자가 되어보니 작가와 밀접하게 작업을 진행하면서 문장에 대해 배울 일도 많은 데다 프리랜서 작가가 쓴 원고를 교정하고 스스로 기사를 쓰면서 경험을 쌓을 수 있었다.

그러던 어느 날 프리랜서 작가가 쓴 원고를 검토하다가 이런 생각이 들었다. 어? 이 정도 문장이라면 나도 쓸 수 있지 않을까? 현역 작가들의 글에 익숙해지다 보니 어느새 스스로 글을 쓰는 능력을 익히게 된 것이었다. 증거가 될지 모르겠지만, 프리랜서로 글을 쓰기 시작하면서 영업을 따로 하지 않고도 단 한 번도 일이 끊긴 적이 없었다.

　여하튼 편집자를 그만두고 프리랜서 작가가 된 나는 몇 개의 잡지사에서 연재를 맡게 되었고 그중 하나가 대형 출판사에서 논픽션 작품으로 출간이 되었고, 운 좋게도 인지도 있는 상을 타면서 작가로서 갑자기 탄탄대로를 걷게 되었던 것 같다.

　지금 꿈꾸고 있는 일이나 동경하는 일이 있지만, 절대로 이룰 수 없을 거라고 믿는 사람이 있다면 일단 나처럼 동경하는 세계의 주변을 어슬렁거리며 내공을 쌓아 기회를 노려보기 바란다. 가까이 있다 보면 갑작스런 기회가 언제 어떻게 찾아올지 모르니까.

아빠가 되는
순간

      장마철, 비가 갠 어느 날 작업실 창밖에서 불어오는 싱그러운 바람에 이끌려 바이크를 타고 집에서 15분 거리의 해변공원에 갔다. 모처럼 유유히 바다를 바라보고 싶어서였다.

  해변공원 주차장에 바이크를 세우고 공원에서 바다를 향해 뚜벅뚜벅 걷고 있는데 목마를 태운 부녀가 나타났다. 아빠의 어깨 위에 앉은 여자아이는 세 살 정도로 보였다. 이윽고 태양빛에 반짝이는 바닷물이 보이자 그 여자아이가 "와, 바다다!"라고 소리쳤다. 부녀의 모습이 흐뭇해서 그 뒤에 서서 수상한 사람처럼 몰래 숨어 싱글거렸다.

'나도 제대로 아빠가 되었던 순간이 있었지.'

딸이 갓 태어났을 무렵, 나는 꿈속에서 살인범에 쫓겨 막다른 길에 갇혀 절체절명의 순간을 맞닥뜨렸다. 게다가 내 팔에는 갓난아기인 딸이 안겨 있었다. 살인범들은 총을 겨누었고 나는 몸을 잔뜩 웅크려 아이를 보호하기 위해 안간힘을 썼다. 그리고 다음 순간, 수십 방의 총탄을 맞고 즉사했다. 악몽은 거기에서 끊겼다.

눈을 뜨자마자 안도의 한숨이 몰려왔다. 일말의 망설임도 없이 딸을 위해 목숨을 내놓는 꿈속의 나를 떠올리며 '아, 진정 아빠가 되었구나' 하고 감동했다. 나의 생명보다 소중한 것이 있다는 생생한 감각과 완전히 동화된 순간이었다. 그리고 아기 침대에서 새근새근 자고 있던 딸의 얼굴을 내려다보면서 혼자 눈시울을 붉혔더랬다.

다른 이야기지만 요즘 '2분의 1 성인식'이 유행하고 있다고 한다. 말 그대로 스물의 절반인 열 살에 하는 축하다. 마침 텔레비전 방송에서 관련 뉴스를 보는데 위화감을 느꼈다. 아이들은 절반의 성인식을 맞

사치스러운 고독의 맛

아 어른들의 지도에 따라 부모님께 드리는 감사장을 쓰고 있었다. 좀 황당했다. 어른들이란 어째서 이토록 부모님께 감사하는 마음을 가지라고 하는 걸까? 그러지 않고는 못 배기는 걸까. 아이들에게 감사를 강요하는 것보다 부모가 아이에게 '태어나줘서 고마워'라고 사랑이 가득 담긴 편지를 써준다면 훨씬 부모님께 감사하는 마음을 가지는 아이로 성장할 것 같은데. 이런 생각이 드는 건 나뿐인가?

이전에 검도 8단, 무사도 정신의 대가 이노우에 요시히코井上義彦 선생과 대담을 했을 때 그는 이런 말을 했다.

"우리 검도장에도 어른에게 제대로 인사를 하지 못하는 아이가 옵니다. 그런 아이에겐 아무리 인사를 하라고 혼을 내도 좀처럼 바뀌지 않아요. 반대로 그 아이에게 고개 숙여 경의를 표하며 인사를 하고 예의를 갖추면 어느새 아이도 예의 바른 모습을 보이게 됩니다."

결국 어른이 하는 행동을 아이가 그대로 갚아주는 것이다. 따라서 열 살 아이에게 부모에게 감사하라고 말하기보다는 먼저 어른이 감사를 전하는 것이 효과적일 것 같다. 흔한 말이지만 '그 아이에 그 부모'라고 하는데 어쩌면 맞는 말이지 않을까? 부모가 아이에게 한 행동을 그대로 따라 하면서 자라날 테니까.

목마를 태운 부녀를 흐뭇하게 바라보던 나는 부모와 자식에 대해 이런저런 생각에 잠기면서 광활한 모래사장으로 내려갔다. 눈앞에 드넓은 도쿄만의 개펄이 펼쳐졌다. 물은 저만치 멀어져 있었다. 군데군데 남은 물웅덩이에는 파란 하늘이 비추고 그 안에는 잡어 떼들이 헤엄치고 있었다.

아빠 어깨에서 내린 아이는 모래밭을 달리기 시작했다. 그리고 그 작은 등을 잡으려 성큼성큼 쫓아가는 아빠의 뒷모습. 나도 저런 때가 있었지. 추억에 잠겨 수평선을 향해 숨을 길게 내쉬었다. 그리고 다짐했다. 언젠가 손주가 생기면 저렇게 손주와 마음껏 뛰어놀아주는 기운찬 할아버지가 되어야지. 그러기 위해서는 웨이트 트레이닝을 게을리하지 말아야겠다.

사치스러운 고독의 맛

°　　　　　우리가 일하는
　　　　　이유

　　　　마당의 나무 손질을 부탁하는 정원사를
바꿨다. 지금까지 맡아줬던 정원사는 부모님 때부터
십수 년을 계속해줬던 분이라 솔직히 애처로운 마음
도 있었고, 새로운 전문가에게 맡기는 것이 조금 불안
하기도 했다. 하지만 큰마음 먹고 바꿔보기로 했다.
　결론부터 말하자면 새로운 사람으로 바꾼 뒤 대만
족이다. 특히 가지치기가 훌륭하다. 여태 꽃을 피우
지 못했던 진달래가 한꺼번에 꽃을 피웠고 수양벚나
무 꽃도 수가 갑자기 배로 늘었다. 거기다 몇 년 사이
시들하던 산호수도 꽃을 많이 피웠으며 새잎도 계속
자라나고 있다. 정말 대단하다. 덕분에 우리 집 마당

은 화려한 자태를 뽐내는 중이다. 2층 작업 방에서 마당을 내려다볼 때마다 화사한 기분에 사로잡힌다.

단지 정원사 한 명을 바꾼 것뿐인데 이렇게까지 식물들이 생기를 되찾다니 솔직히 무척 놀라웠다. 그래서 새삼 일과 수준에 대해서 돌이켜보게 되었다.

식물을 가지치기하는 일도 수준이 높으면 그만큼 누군가의 인생에 아름다움을 더할 수 있다. 일본어로 '일仕事'은 '섬기는仕 일事'이라고 쓴다. 즉 누군가가 기뻐하도록 봉사하는 것이 곧 일이라는 것이다.

나의 일은 소설의 수준을 높여 독자를 기쁘게 만드는 것이고 결과적으로 책이 잘 팔리면 편집자, 출판사를 모두 기쁘게 하는 것이다. 물론 나도 기쁘다. 뮤지션이라면 작곡이나 연주의 수준을 높여 팬들에게 기쁨을 주고, 구두닦이는 구두를 반짝거리게 만들어 손님을 기쁘게 한다. 목수는 멋진 집을 짓고, 요리사는 맛있는 요리를 제공해 기쁨을 준다. 이 흐름은 회사원도 다르지 않다. 영업 수준을 높이면 손님들이 기뻐하고 영업 실적을 올리면 상사나 회사가 기뻐한다. 그렇게 승진을 하면 가족도 기뻐한다.

사치스러운 고독의 맛

자신이 하는 일이 이 세상에 하나라도 기쁨을 만들어낼 수 있다면 자신에게는 자랑스럽고, 상대에게는 기분 좋은 일이다.

"잘 들어. 모리사와. 아무리 작은 일이라도 대충하지 마. 일의 수준은 누군가가 지켜보고 반드시 평가하게 되어 있어. 만일 어느 날 갑자기 도움을 주는 사람은 네 그런 모습을 지켜봐준 사람일 수도 있어."

항상 나를 잘 챙겨주던 지금은 돌아가신 작가 토이 주가츠戶井十月 선배님의 말씀과 함께 오늘은 이쯤에서 마치도록 하겠다.

°　　　　인생의
　　　　절정기

　　　　오랜 시간 손에서 놓지 못했던 장편소설
을 끝냈다. 겨우 마쳤다. 정말 힘든 나날이었다. 덕분
에 탈고한 순간은 온 세상이 반짝거리는 해방감을 맛
볼 수 있었다. 손에서 소설을 놓지 못했던 동안은 거의
작업실에 칩거하다시피 했고 업무 관계자 이외에는
거의 만나지도 않았다. 이제는 탈고했으니 내 마음대
로 프리랜서의 자유로운 날개를 펼쳐보이리라. 오랜
만에 '사람들을 만나는 한 달'을 누릴 수 있게 되었다.
　그래서 한 달 동안 이런 사람들을 만났다. 우선 다
음 작품을 담당힐 편집자, 그다음 작품을 담당할 편
집자, 라디오 방송작가, 애니메이션 제작사 프로듀서

와 크리에이터, 카리스마 서점원, 인기 영화감독, 프로듀서, 해외에서 활약하는 화가, 일본에서 가장 유명한 첼로 연주자, 예능 프로그램 매니저, 일본 아카데미 각본가, 음반사 임원, 아사히TV 아나운서, 영화 제작사 대표, 회사를 여러 개 운영하는 경영인, 자기계발서 작가, 만화가 등.

거참, 수첩을 보면서 나열해보니 짧은 시간에 이렇게나 많은 사람을 만났다는 것과 나의 대단한 인맥에 다시금 놀랐다. 나는 원래 사람 만나는 것을 무척 좋아한다. 나에게 없는 것을 가진 매력적인 사람과 만나는 것을 특히 좋아하는데, 어릴 때부터 그랬다. 그런 사람을 만나면 마음속에서 끓어오르는 호기심에 이것저것 질문이 쏟아내게 된다. 나도 모르게 취재를 하게 되는 것 같다.

그렇게 알게 된 사람에 대한 정보는 내 안에 깊게 남아 숙성되고 보존된다. 그리고 훗날 때가 되면 소설에 등장하는 인물로 멋지게 쓰인다. 그래서 소설가는 어쨌든 다양한 사람과 만나서 이야기를 듣는 작업을 게을리해서는 안 된다. 육상선수에게 충분한 근육이 필요하듯이 작가에게는 인간과 관계된 충분한 정보가 필요하기 때문이다.

지난 한 달간 만난 사람들은 각기 대단한 면면을 가지고 있었는데 대부분 공통적으로 가지고 있는 특징이 있었다. 그것은 바로 '과거의 영광에 연연해하지 않는다'는 점이다. 다들 과거에 이미 훌륭한 실적과 경험을 쌓아두었음에도 시선은 항상 미래를 향하고 있다. 가끔 과거에 대해 꺼내기도 하지만 영광스러운 순간이라고 추켜세우는 대신 실패담이라고 부러 깎아내린다. 자신을 도마 위에 올려서 웃음의 소재로 삼아 주변을 즐겁게 해주려는 거다.

다가올 미래를 바라보는 사람과 대화를 하고 있으면 무슨 이야기든 즐겁고 순수한 에너지를 받는 것 같다. 그래서 함께 있는 사람까지 긍정적으로 바꿔버린다. 내가 느끼기에 그것은 단순한 이유다. 그들은 인생 자체를 즐기고 있는 사람들이기 때문이다. 실패든 성공이든 자신에게 일어난 모든 일을 마음속으로 즐거워하고 항상 어떤 행동을 시작하기 전에는 즐기는 마음을 품는다.

사치스러운 고독의 맛

친하게 지내는 만화가 야마다 레이지 씨와 술을 마실 때의 일이다. 그가 싱글싱글 웃으며 말했다. "나는 쉰이나 되었는데 아직 신인인 것 같아. 내가 바라보는 인생의 절정이 아흔이라 그런가?"

아, 한 방 먹었다. 너무 멋진 말에 몸이 떨렸다. 듣고 보니 인생의 절정기를 어느 때로 삼을지는 내 마음대로 정하면 되는 것이다. 야마다 씨처럼 90대로 설정한 사람은 60대까지 실패를 거듭해도 상관없다. 아직 자라는 새싹이니까. 70대부터 제대로 경험을 쌓고 80대 때 능숙해지고 90대에 절정을 맞이한다. 그때 인생의 꽃을 피우는 것이다. 그리고 그다음은 천천히 여유를 느끼며 비탈길을 내려오면 된다. 온화한 미소를 지으면서. 그런 인생을 잠시 상상하는 것만으로도 멋지다. 지금 이 순간이 저절로 즐거워진다.

앞으로도 나는 미래지향적인 사람들과 함께 먼 미래로 설정한 절정기를 향해 인생의 수많은 우여곡절을 원 없이 즐기려고 한다. 인생은 단 한 번뿐인 신나는 놀이니까.

。　　　　　　　장수의

　　　　　　　비결

　　　　　　　우리 조상님의 산소는 중부 지방에 있
는 야마나시현山梨県 코후시甲府市에 있다. 그래서 1년
에 한두 번은 성묘를 위해 야마나시현으로 원정을 떠
난다. 기왕 가는 원정이니까 돌아오는 길에 관광이라
도 하면 좋겠지. 그래서 산소 방문을 겸한 여행을 즐
기려고 그동안 야마나시 주변을 돌아다녔다.

　얼마 전 무심코 텔레비전에서 가장 병에 걸리지 않
는 건강한 지역 순위를 소개한 특집을 보게 되었다.
남성이 꼽은 1위는 야마나시현이 차지했다. 1위를 차
지한 이유는 몇 가지가 있는데 야마나시에 사는 사람
들은 '생선을 자주 먹는다', '일조량이 일본에서 가장 길다'라는 이유가 소개되었다. 그중에서도 개인적으로 흥미로웠던 것은 야마나시 사람은 '하루 식사시간이 전국에서 가장 길다'는 것이다. 어째서 야마나시 사람들은 식사시간이 긴 걸까? 그리고 식사시간이 길면 왜 병에 잘 걸리지 않는 걸까? 궁금해지기 시작했다. 그때 호기심을 해결할 근거가 흘러나왔다. 야마나시 사람들의 전통문화인 '무진無尽'의 영향이 있다는 설명이었다.

무진이란 야마나시의 독특한 전통문화로 친한 친구들끼리 서로 돈을 모아 누군가 필요할 때 그 돈의 순서를 정해 사용하는 시스템으로 일종의 친목계다. 에도시대부터 이어 내려오는 상호부조 관습이다.

무진에서 모인 돈은 종종 모임의 회식비로 사용되어 계원들이 자연스럽게 모일 기회가 많은 편이다. 계원들은 편안한 상태에서 대화하면서 천천히 시간을 들여 식사시간을 즐긴다. 그렇게 쌓인 스트레스도 풀고 사람들과 소통하는 것이 자연스럽게 뇌에 좋은 자극이 되어 결과적으로 병이 걸릴 확률이 줄어든다는 주장이다. 내가 보기엔 지나치게 즐거워 보이는 문화라 실컷 즐기다 보면 자주 과음을 하게 되어 오히려 병에 걸리기 쉽지 않을까 싶기도 하다.

　그런데 야마나시현의 무진과 비슷한 '모아이模合'라는 관습이 오키나와, 큐슈에서 대만까지 이어지는 류큐 열도와 아마미 지방奄美地方에도 있다는 사실을 몇 년 전에 미야코지마宮古島(오키나와현의 섬) 출신의 지인에게 들었다.

　모아이는 다양한 종류의 적립 방식이 있다고 한다. 친한 친구끼리 돈을 모으는 것은 친구 모아이, 혈연 관계라면 친족 모아이, 그 밖에도 직장 모아이로 엮이는 식이다. 지역 모아이도 있고, 규모나 금액이 커지는 법인 모아이까지도 있다고 하니 흥미롭다.

　사람에 따라 여러 모아이를 거절하지 못해 가입을 하다 보면 결국 '모아이 거지'가 되기도 한단다. 그럼에도 힘들 때 어딘가의 모아이에서 돈을 빼서 쓸 수 있으니 오키나와 식으로 말하면 "어찌어찌 되는구먼~"이 되는 것이다. 야마나시의 무진처럼 모아이의 역사도 깊어서 놀랍게도 15세기 류큐왕조琉球王朝 시대까지 거슬러 올라간다고 한다. 이러한 습관이 시대를 넘어 문화로 이어졌다는 것은 함께 관습을 이어온 사람들이 모아이의 일원으로서 행복함을 느꼈기 때문이 아닐까.

누군가 힘든 시기에는 모두 함께 돕고 누구도 힘들지 않을 때는 함께 먹고 마신다. 그런 즐기는 마음이 있었기에 오랜 세월 이어질 수 있었던 거겠지.

"가끔 모아이로 모은 돈을 슬쩍 자기 주머니에 넣는 사람도 있는데, 회원들에게 혼쭐이 나서 일단 도망갔다 아무 일도 없었다는 듯 돌아오기도 하지. 그럼 또 모두 너그럽게 받아주고 모아이에 참여하게 해. 본인도 당연한 얼굴로 웃으며 잘 지내고."

미야코지마 출신의 지인은 오키나와 전통 술인 아와모리泡盛를 벌컥벌컥 마시면서 모아이 에피소드를 신나게 이야기해줬다. 어쩐지 느긋하면서 따뜻한 느낌이 참 좋다. 질투가 날 정도로.

역시 인간은 어느 정도 관용을 가지고 사람 사이에서 살아가야 행복하지 않을까. 그러고 보니 오키나와도 건강한 장수 지역으로 유명하지. 브라보!

지금 할 수 있는
가장 쉬운 모험

       열여섯 살 무렵에 소형 오토바이 면허를 땄다. 그렇게 스쿠터를 타고 다니다가 열일곱 살 때는 2종 보통 이륜차 면허까지 따서 250cc 바이크를 몰았다. 이후 몇 대씩 바꿔 타면서 전국을 돌며 방랑 생활을 하거나, 배달용으로 사용하거나, 스트레스를 푸는 도구로 여기며 유쾌 상쾌한 바이크 라이프를 달려왔다.

  고등학교 때도 대학교 때도 바이크를 타는 친구들과 함께 몰려다니며 투어링을 즐겼는데 오십 줄을 넘긴 지금은 모두 이륜차로부터 졸업해버렸다. 아직까지도 타고 다니는 사람은 안타깝게도 나 혼자다. 근

사치스러운 고독의 맛

래에 글을 쓰면서부터는 일을 자유롭게 할 수 있게 되었지만, 역설처럼 자유로운 시간은 꿈도 꾸지 못하는 굴레에 빠져버려서 예전처럼 마냥 훌쩍 떠나 장기간 동안 방랑하는 일에서도 이미 멀어졌다.

대신 일상에서 작은 모험을 만들어서 즐기고 있다. 바이크를 타고 일부러 길을 헤매면서 근처를 달리는 것이다. 지도를 보면 일목요연하고 도로는 모세혈관처럼 어디든 통하게 되어 있지만, 이 세상은 아직도 내가 모르는 길로 넘쳐난다. 모르는 길에 접어들면 지금껏 알지 못했던 풍경이 펼쳐져서 새로운 바람을 맞으며 달릴 수 있다. 이 맛이 최고다. 미지의 길을 가는 것만으로 순간 내 마음은 순진한 소년처럼 설렌다. 그리고 완전히 길을 잃게 되면 모험은 더욱더 고조된다.

며칠 전에도 집 근처에서 미지의 길로 들어가 완전히 길을 잃었다. 그래서 처음 보는 카페에 들어가 카운터 자리에 앉아 깅엄체크 셔츠를 입은 주인장에게 "커피 맛있네요"라며 말을 걸었다. 그랬더니 주인장이 싹싹하게 말을 붙여왔다. 나와 동년배에다 예전에 바이크를 탔다고 한다. 그대로 우리는 80년대 바이크 추억담으로 의기투합했고 결국엔 스페셜 커피까지 한 잔 얻어 마시는 덤까지 누렸다. 참 즐거운 시간이었다.

그렇게 카페를 나와 다시 바이크에 엔진을 걸고 출발. 왔던 길을 그대로 돌아가는 것은 금지다. 확실한 길로 돌아가서는 모험의 기분을 느낄 수 없으니 철마에 올라타 엔진의 심장소리를 느끼며 직감이 이끄는 대로 눈앞에 펼쳐진 풍경을 향해 내달린다.

거리를 지나고 나무들이 늘어선 주택가를 벗어나, 골목들을 지나 달리는 사이 흠칫 놀라고 말았다. 와본 적이 있는 길이 나온 것이다. 미로에서 드디어 탈출이다. 이때 미세한 안도감을 느끼는 동시에 작은 모험이 끝에 다다랐다는 서운함을 느끼기도 한다. 시간의 여유가 더 있다면 여기에서부터 다시 미지의 길을 헤매고 다닐 텐데. 마감 날짜가 기다리고 있으니 순순히 집으로 방향을 틀었다.

두 시간 남짓의 작은 모험이었지만, 집으로 향하는 바이크에서 마음 한편에 아직 여행의 여유가 남아 있

　　　　　　　　　　　　　　사치스러운 고독의 맛

음을 느꼈다. 그 여유를 음미하면서 돌아가는 길도
그리 나쁘지 않다. 두 바퀴로 날렵하게 굴러가는 바
이크와의 졸업은 아직 먼 이야기인 것 같다.

한 권의 책을
만나기까지

　　　　　나는 평소에 사색에 잠기는 것을 좋아한다. 예를 들면 지하철에서 앞에 앉은 할아버지의 옆모습을 쳐다보다가 상상에 빠진다. 저 분도 누군가의 아이로 태어나 누군가가 기저귀를 갈아줘서 자랐고, 학교를 다니고, 여러 우여곡절을 거쳐 웃고 울며 한 인간으로서 성장해 열심히 일하다 현재의 모습이 되었겠지. 지난 세월이 저 주름에 드러나는구나.

　　지금 내가 잡고 있는 이 손잡이도 누군가가 디자인한 것을 제조해 여기에 달았겠구나 하는 식으로 생각을 잇는다. 주변을 둘러보면 사색의 대상은 그야말로 널려 있으니 잠시라도 심심할 틈이 없다. 상상을 하다 보면 문득 뭉클해져서 복잡한 마음을 가라앉히는 데도 도움이 된다. 때로는 소설의 소재가 되기도 해서 떠오르는 생각들을 절대 무시해선 안 된다.

편집자를 거쳐 프리랜서가 되어 논픽션이나 에세이를 쓰다 소설가가 되었으니, 돌아보면 인생의 절반 이상을 출판업계에서 지낸 셈이다. 그래서인지 독자들도 책에 대해 사색하는 시간을 가지면 좋겠다는 바람이 어슴푸레 생겼다. 한 권의 책이 당신 손에 쥐어지려면 수많은 사람의 노고와 독자를 생각하는 깊은 마음들이 책에 담겨야 하기 때문이다.

책이 만들어지고 팔리기까지의 흐름을 두루뭉술하게 설명하자면 다음과 같다. 우선 편집자 또는 저자가 기획안을 내면 출판사에서 편집회의를 거친다. 회의에서 최종 결정을 하면 편집자와 저자가 집필을 위한 취재를 한다. 취재에서 얻은 소재로 저자는 원고를 열심히 쓰고 탈고를 하면 편집자에게 보내서 초고의 교정을 거친다. 교정을 마친 원고는 본문 디자이너에게 보내 출판 인쇄 프로그램으로 글과 그림 등의 배치와 디자인을 하고 그 파일을 프린터로 출력한다.

출력한 교정지는 교정교열을 맡은 담당자와 편집자, 저자가 읽고 수정한 다음 교정지를 다시 뽑는다. 또다시 그 교정쇄를 다른 교정자에게 검수받은 다음 교정지의 수정을 재차 디자이너에게 넘긴다.

그동안 편집자는 표지 디자이너와 표지, 띠지 등 의뢰한 디자인을 확정한다. 사진이나 일러스트를 사용해야 하는 경우는 사진 작가에게 촬영을 부탁하거나 그림 작가에게 의뢰하기도 한다. 완성된 디자인을 인쇄소에 넘기면 표지와 본문 등을 인쇄 감리용 프린트로 출력해 색을 본다. 디자이너, 편집자, 저자가 검토를 하고 수정이 있으면 인쇄소에 색 교정을 부탁한다.

그렇게 완성한 데이터가 모아지면 드디어 최종 인쇄를 진행한다. 몇 부를 인쇄할지는 출판사에서 결정한다. 인쇄를 마친 종이는 다발로 제본소로 넘겨져 기계로 접고 제단한 후 엮어서 실로 제본을 하거나 풀로 접착을 마치는 과정을 거친 후 비로소 책이라는 형태로 만들어진다.

완성된 책은 도매상이라고 불리는 중개회사에 보내져 그곳에서 전국 각 서점으로 배송된다. 그렇게 전달된 책을 서점원이 한 권 한 권 손으로 서가와 매대에 진열해준다.

이런 과정을 거쳐 한 권의 책이 독자 앞에 나타나는 것이다. 앞서 설명한 내용도 사실 아주 간략하게 줄인 것이다. 내 손에 쥐어진 이 한 권이 만들어지기까지의 과정을 살펴보니 평범하게만 느껴졌던 책이 조금은 달라 보이지 않는가? 모쪼록 내 책을 읽는 여러분이 그런 마음을 가져준다면 행복할 것 같다. 무엇보다 지금 이 순간도 고군분투하고 있을 출판업계의 모든 분이 가장 기뻐하지 않을까 싶다.

옮긴이 박선형

—

일본 호세이대학교 문학부 일본문학과 졸업, 와세다대학교 대학원 문학연구과 석사 과정을 수료했다. 강사, 동시통역가, 출판 편집자를 거쳐 현재는 에세이 전문 번역가로 활동하면서 양질의 번역서와 해외출판물을 엄선해 소개하는 동네서점 '번역가의 서재'를 운영하고 있다. 옮긴 책으로는《좋아하는 마을에 볼일이 있습니다》,《아무 생각 없이 마음 편히 살고 싶어》,《헤세를 읽는 아침》,《내가 좋아하는 것과 단순하게 살기》,《지금 행복해지는 연습》,《디자인이란 무엇인가》,《오롯이 내가 되는 시간, 마이타임》,《버리는 즐거움》등이 있다.

◦ 번역가의 서재 www.instagram.com/tlbseoul

사치스러운 고독의 맛

1판 1쇄 인쇄 2021년 4월 21일
1판 1쇄 발행 2021년 5월 3일

지은이 모리사와 아키오
옮긴이 박선형
펴낸이 김성구

주간 이동은
책임편집 현미나
콘텐츠본부 고혁 송은하 김초록
디자인 이영민
제작 신태섭
마케팅본부 최윤호 나길훈
관리 노신영

펴낸곳 (주)샘터사
등록 2001년 10월 15일 제1-2923호
주소 서울시 종로구 창경궁로35길 26 2층 (03076)
전화 02-763-8965(콘텐츠본부) 02-763-8966(마케팅본부)
팩스 02-3672-1873 | 이메일 book@isamtoh.com | 홈페이지 www.isamtoh.com

ISBN 978-89-464-2179-0 03830

값은 뒤표지에 있습니다.
잘못 만들어진 책은 구입처에서 교환해드립니다.

샘터 1% 나눔실천

샘터는 모든 책 인세의 1%를 '샘물통장' 기금으로 조성하여 매년 소외된 이웃에게
기부하고 있습니다. 2020년까지 약 9,000만 원을 기부하였으며, 앞으로도 샘터는
책을 통해 1% 나눔실천을 계속할 것입니다.